"蛟龙"入海

蛟龙号在水下

黎明，蛟龙号准备海试

蛟龙号海试队出征宣誓

海试现场总指挥刘峰（右一）　临时党委书记刘心成（右二）

海试母船现场指挥部

海试母船"向阳红09"船在工作

蛙人作业

下潜 3000 米海试成功

告别祖国仪式

7000米海试成功，恰逢雨后彩虹搭起凯旋门

潜航员用机械手在7000米海底抓海参

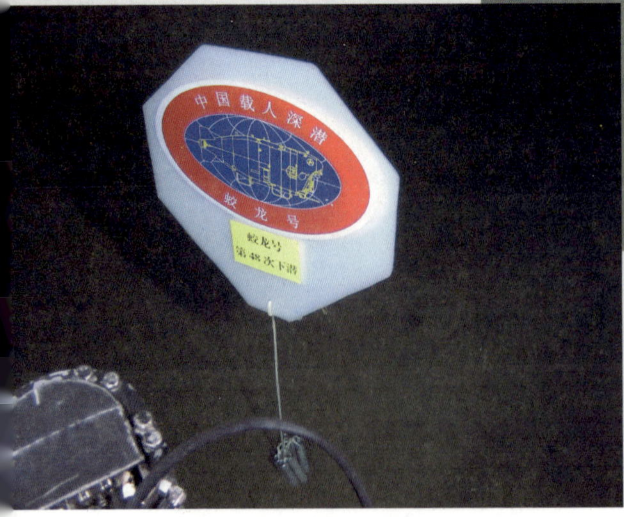

7000米纪念牌布放

7000 米成功

潜航员成功归来接受海水"洗礼"

中国载人深潜全国表彰大会

作家许晨进入蛟龙号体验

作者许晨（右一）与首批潜航员叶聪（左二）
傅文韬（右二）唐嘉陵（左一）
在太平洋上

蛟龙探海

许晨·著

图书在版编目（CIP）数据

蛟龙探海 / 许晨著 . -- 北京 : 五洲传播出版社，2024.01

ISBN 978-7-5085-5085-5

Ⅰ . ①蛟… Ⅱ . ①许… Ⅲ . ①报告文学—中国—当代 Ⅳ . ① I25

中国国家版本馆 CIP 数据核字 (2023) 第 159594 号

作　　者：许　晨
出 版 人：关　宏
责任编辑：刘婷婷
装帧设计：北京牧涵文化传媒有限公司

蛟龙探海

出版发行：五洲传播出版社
地　　址：北京市海淀区北三环中路 31 号生产力大楼 B 座 6 层
邮　　编：100088
发行电话：010-82005927，010-82007837
网　　址：http://www.cicc.org.cn，http://www.thatsbooks.com
印　　刷：北京市房山腾龙印刷厂
版　　次：2024 年 1 月第 1 版第 1 次印刷
开　　本：710 mm × 1000 mm　1/16
印　　张：15.25
定　　价：98.00 元

目录

目录

第一章 横空出世

——中国载人潜水器诞生记

1. 吹响深海"集结号"

2001 年 12 月 7 日，寒风凛冽，雪花纷飞。那是北京多年来少有的一场大雪啊！

位于京城海淀区的北京友谊宾馆会议室，却洋溢着一片春天般的温馨和活力。科技部高新技术司、国家"863 计划"自动化领域组正在这里召开竞聘 7000 米载人潜水器总体组成员会议。总体组相当于整个专项的龙头，负责组织调度研发的计划、进度、技术上总体协调等等，说白了，它就是一场大战的前沿指挥部。只有首先选聘好了总体组，确定好了作战方案，各个"战场"才能相应展开。

海洋局、大洋协会办公室、中船重工集团 702 所、中船重工集团 701 所、中科院声学所、沈阳自动化所等全国相关单位的代表济济一堂。科技部高新技术司冯继春司长主持，冯司长首先做了热情洋溢的开场白："今天外面雪花飘飘，是个好兆头，瑞雪兆丰年嘛！我们等于在这里摆下一个擂台，各路豪杰把你们各自的优势亮出来，让评委们好好选一选……"

这是一个全新的组织形式——在过去，研制新装备往往是某个研究所的行为，力量有限，也不是专为用户而办，此次科技部决心突破体制，设立一个机构统领、主导这个项目，于是总体组应运而生。一直为海洋装备奔走呼号的中国大洋协会理所当然地被推上了前台，大洋办主任助理兼项目管理处长刘峰身先士卒。

几位竞聘者陈述过后，冯继春司长宣布："现在请大洋办的刘峰做应聘报告。"

刘峰应声而起，走上前台，向大家鞠了一躬，朗声说道："各位评委、各位领导，上午好！我的陈述报告分三大部分，一是个人简历，二是对"863计划"重大专项的认识，三是参加重大专项总体组工作的初步设想。下面我结合幻灯片汇报……"说着，他将早已制作好的PPT应聘材料播放在大屏幕上，内容翔实而生动。

作为大洋协会项目管理处长，他参与组织制定了有关规划，使协会的海上勘探、技术发展、环境研究、船舶建设等项目得以协调发展；在国家"863计划"重点项目——6000米自治水下机器人研发中，他任总体组成员，具体负责制定深海环境下的技术要求，以使船上收放设备与机器人衔接；更为重要的是，他曾组织专家提出了深海载人潜水器需求论证报告……

最后，他清了清嗓子提高声音说："作为总体组成员，我的初步设想是，一，形势紧迫，时不我待。世界正在进行蓝色圈地运动，我们中国人不能当观众。目前结核富矿区已被瓜分完毕，国际海底管理局正在制定海底硫化物、海底富钴结壳规定，但我们苦于没有手段，无法进行详细调查。二，条件具备，加速发展。我国在深海运载器技术领域已经具有一定基础，可以再接再厉。现在有了明确的用户需求和业主支持，我们大洋协会的基本方针就是'持续开展深海勘查，大力发展深海技术，适时建立深海产业'，要求在'十五'期间研制出能实用的载人深海运载器。应该说，万事俱备，只欠东风。如果我应聘成功，一定在上级机关的有力领导下，团结各个单位科研人员，克服各种困难，圆满完成这项任务，为我国的深潜事业、为大洋开发做出应有的贡献。我的陈述到此结束，谢谢各位评委和领导！"

"哗——"他的话音刚落，立时响起一片热烈的掌声。

与会专家学者领导们对刘峰的应聘报告印象深刻、十分满意，认为他有观点、有思路、有例证、有信心。看得出来，他做了充分的准备，既熟悉研发 7000 米载人潜水器的来龙去脉，又具有献身祖国深海开发事业的高度责任感和进取心。所有应聘人员陈述完毕后，评委们开始了紧张的评判工作。晚餐时间到了，他们还在激烈地讨论……

经过严格、科学、公开、公正的选拔程序，评委会从全局出发，综合考虑各个方面的因素，确定了总体组成员名单：刘峰（大洋协会主任助理、项目管理处处长、教授级高工）、徐芑南（中船重工 702 所研究员）、万正权（中船重工 702 所副所长、研究员，后改为崔维成，702 所所长、研究员）、吴崇建（中船重工 701 所所长、研究员）、张艾群（中科院沈阳自动化研究所研究员）、朱维庆（中科院声学研究所研究员）。其中刘峰为总体组组长。

那天晚上，虽说飘飞了一天的大雪停止了，天气转晴，但温度极低，尚未清扫干净的马路上冻结了一道道车辙印，来往行人小心翼翼还免不了东滑西斜。刘峰回到家里已经是深夜十二点多了，可他没有一丝一毫的倦意，一直沉浸在兴奋与激动之中，心中充满了迎接挑战和机遇的豪情……

为实施这个国家重大专项，国家海洋局、大洋协会办公室，特别是以刘峰为组长的总体组全力以赴，一环紧扣一环地将工作铺展开来，其中首要任务是研讨通过《7000 米载人潜水器总体方案论证报告》。

事实上，这项工作早在动议研发大深度载人潜水器之时就已经启动了。此前中船重工 702 研究所曾提交过类似报告，只不过未能得到落实。如今有了大洋协会这个用户，该项目被列为国家"863 计划"重大专项。不用说，这个报告的起草工作又落在了中船重工 702 所头上，其领军人物——吴有生和徐秉汉，是中船重工 702 研究所的两位工程院院士，也是最早呼吁研发中国载人深潜器的科学家之二。

吴有生生于 1942 年，1968 年他从清华大学工程力学系研究生毕业，被分配到中国船舶科学研究中心 (702 所前身) 结构力学实验室工作。20 世纪 80 年代初，国际上享有盛誉的二维水弹性力学理论创始人、英国伦敦大学的比绍帕教授应邀前来中国讲学，他惊奇地发现吴有生的研究水平已经很高了。他爱才心切，当得知吴有生即将赴美进修时，立即建议他改往英国学习，并愿意帮助解决一切手续和学习费用。

1981 年 6 月，吴有生到达伦敦，决心要在这优越的条件下实现学术上的超越。他每天工作十几个小时，没有星期天、节假日。当他终于把自己的第一批研究成果交给导师比绍帕时，导师感到由衷地高兴。面对打印好的、凝结着三年心血的厚厚的博士论文稿，面对那张外国人习惯给亲人或父母献词的扉页，吴有生感慨万千，沉思片刻，郑重地用英文打上了久藏心底的一句话："献给我的祖国！"

1984 年 10 月，英国伦敦布鲁纳尔大学，博士论文答辩正在进行中。

"我注意到了，您在扉页上写的是'献给我的祖国'，而不是一个人名，是吗？"答辩委员会主席雷诺斯教授看着吴有生博士论文扉页上的一行英文字，亲切地问道。

"是的。"吴有生掷地有声的回答。

"那你打算留在英国吗？这里有很好的研究和生活条件啊！"另一位答辩委员会成员史密斯博士试探着问。

"我感谢校方和老师们的厚爱，但祖国需要我，在国内，我还有许多没有做完的研究。"吴有生礼貌地回答。

"您的祖国会为您感到骄傲的！"也许是被眼前这名年轻学子的拳拳爱国之心深深打动了，雷诺斯教授主动站起来与吴有生握手致意。

他的导师比绍帕教授对吴有生的离开深感惋惜，但也深深理解他的心情，专门给702所所长写了一封热情洋溢的信。"我们即将失去吴有生，而你们却将重新得到他。当你看到他的论文的时候，你会发现这简直是一篇杰作，它表明吴有生是水弹性力学与船舶力学的一流专家。"

回国时，吴有生用省吃俭用攒下的120英镑，买了6个当时在世界上最先进的加速度传感器，送给702所做实验用。后来，在他的影响和带动下，我国终于有了一支颇有国际声望的水弹性力学研究队伍。1992年，吴有生出任中船重工702所所长，1994年当选为首届中国工程院院士。在成功和盛誉面前，吴有生更加努力。他书斋里那不眠的灯光，称为美丽的太湖岸边一处别样的风景。

同样，徐秉汉也是这样一位优秀的科学家。他比吴有生大9岁。1955年，他在上海交通大学毕业后，被选送到苏联列宁格勒造船学院读研究生，并参加船舶结构力学教研组工作。在新环境中他很快如鱼得水，自由地在知识的海洋中遨游。徐秉汉常说："少年时代的贫穷生活锻炼了我艰苦奋斗、努力向上的意志，在国外的那几年，则培养了我独立生活和独立研究问题的工作能力。"

　　1961年初春的一个夜晚，列宁格勒电台晚间新闻，报道了中国留学生徐秉汉全票通过答辩并获副博士学位的消息。老师和同学们向他表示祝贺，并请他留下来工作。徐秉汉的目光扫过攻读了四年半的房间，桌上一只中国帆船模型触动了他的神经，中国海洋史特有的辉煌和屈辱的历程，使他心潮起伏：船！造船！让我们在海上筑起坚不可摧的钢铁长城！

　　回国后，徐秉汉被分配到国防部第七研究院从事流体力学和结构力学的研究，经历了时代的风风雨雨，他的科技报国之志始终不渝，后又转任702所结构研究室主任，在我国潜艇发展中的几次重大试验中，做了许多开创性的工作。他所领导的研究课题分别获得国家二等奖1项、国家三等奖2项。1997年，已经64岁的徐秉汉当选为中国工程院院士。

　　随着中国海洋意识的增强，以及中国大洋矿产资源研究开发协会的成立，中国被联合国批准为第五个深海采矿的先驱投资者，承担了 30 万平方公里洋底的探测任务。徐芑南参与研发的 CV-01 无人自主式潜水器进展顺利，以吴有生、徐秉汉两院士为代表的 702 所船舶专家们立即组织力量，详尽筹划，在大洋协会金建才、刘峰等人的组织协调下，整理出了一份严谨科学、便于操作的《7000 米载人潜水器总体设计方案论证报告》。应该说，这就是日后的国宝——"蛟龙"号的胚胎，也是一份值得保存在国家档案馆的"作战计划"。

7000 米载人潜水器由载人潜水器本体和母船支持系统组成。

潜水器本体包含潜水器总体性能集成、水动力系统、载体结构系统、重量调节系统、应急安全系统、动力源系统、液压系统、作业系统、控制系统、通讯定位系统、观察系统和生命支持系统等部分。由中船重工 702 所、中船重工 701 所、中科院声学所、中科院自动化所等单位负责研制。

母船支持系统由 7000 米载人潜水器的用户（中国大洋协会）负责保障。

此外，报告还论证了美国、日本、法国等国家的同类型潜水器的技术特点，国际市场上的浮力材料、光学仪器、加工工艺等行情，指出借助国际深潜科学界的宝贵经验，坚持需求牵引、技术引进与自主开发相结合的原则，切实可行地推动我国深海潜水器技术的高起点、跨越式发展，有信心也有能力在 2005 年研制出满足用户需要的载人潜水器。

2001 年 12 月 23 日，科技部高新技术司、"863 计划"重大专项组在北京组织召开评审会，通过了《7000 米载人潜水器总体设计方案论证报告》。这就等于签发了中国大深度载人潜水器的准生证，一场精心组织实施的深海潜水器大战拉开了序幕……

2. 退休"老帅"再出山

当中国人还在紧张工作的大白日里，西半球上的美国则相差了 13 个小时，已是夜幕笼罩、繁星满天了。

2002 年年初的一个晚上，忙碌了一天的人们正准备上床休息，一个来自中国的越洋电话打到美国某地。接电话的是一位老人，他的名字叫徐芑南！这就是我们本书多次提到的主人公之一，中船重工集团 702 研究所研究员。此时，他已经退休 6 年了，与老伴方之芬来到在美国定居的儿子家里安度晚年。可这一个电话，让他的生命之树绽开了新花……

中国工程院院士、曾任 702 所所长的吴有生教授在电话中告诉徐芑南："老伙计，7000 米载人潜水器立项了！我们想来想去，还是要请你出山，这个总设计师非你莫属！"

"是嘛？太好了！"对徐芑南而言，潜水器研制是他永远割舍不下的事业，在此之前，有缆的无缆的，无人的载人的，几乎所有种类的潜水器，他都做过。而做大深度载人潜水器，则是他多年的夙愿："我一定参加。不过，我年龄大了，做个顾问就行了。"

放下电话，徐芑南激动地在房间里走来走去，招呼妻子、儿子马上订机票，恨不得第二天就要回国。可家人们担心，这年他已经66岁了，而且身患心脏病、高血压、偏头痛等多种疾病，一只眼睛仅存光感。当初参加6000米水下机器人的海试归来，他被查出这一天心脏早搏1600多次——是需要安心休养的时候了！

"盼了多年的项目终于通过了，是令人高兴，可你身体行吗？"妻子方之芬与他同在702所工作过，深知丈夫的心愿，更了解病痛对他的折磨，一时间处在了两难之中。

"爸，你就别逞强了。如果累坏了身体，自己受罪不说，还会影响了项目进程。我们不同意你回去。"儿子、媳妇坚决表示反对。

徐芑南摆摆手，说："你们啊，只知其一不知其二，我一思考潜水器，头就不痛了，血压也不高了。只要能为国家做好潜水器，我身上就感觉舒坦。"

两天后，徐芑南和老伴说服儿子和媳妇帮助办好手续，放弃了安逸休闲的晚年生活，携手飞回国内，投身到7000米载人潜水器的研发与试验工作之中。

按说，国家"863 计划"对于一个项目的总设计师，是有年龄要求的：60 岁以内的在职工程技术人员。徐芑南也做好了当顾问的准备，只要能参加这个项目就行。可是，大家分析来分析去，还是认为他最合适。做总设计师要有两个基本素质：一是业务全面；二是协调能力强。这两项素质徐芑南都具备。

中船重工 702 所和项目总体组联名向主管部门打报告，科技部领导经慎重研究后破格批准：聘任已经 66 岁的徐芑南为"7000 米载人潜水器总设计师"。这一任职，就是整整十个春秋……

有人说，徐芑南的人生高度，几乎可以用中国深海潜水器的下潜深度来衡量：600 米、1000 米、3000 米、6000 米、7000 米！可以说，中国载人深潜每前进一步都有他的杰出贡献，他的梦想随着潜水器的下潜，不断深入到更蓝更深的海域。

是啊，世间能有多少这样厚重的人生呢？从风华正茂的少年，到鬓发染霜的古稀老人，从普通的潜艇兵到世界级载人潜水器的总设计师，贯穿徐芑南整个人生旅程的只有一条主线——深潜！让祖国的潜水器潜入海底，去领略那充满奥秘的海底画卷，去探寻那无穷无尽的海底宝藏。

徐芑南是浙江宁波镇海人，镇海地处甬江入海口一带，地势险要，历代为海防要地。鸦片战争时，钦差大臣裕谦监防督战，在此顽强地抵抗英国侵略军。最后，强敌攻破了镇海城防，裕谦投海殉国。这种有海无防、落后挨打的屈辱，深深印在徐芑南的心灵里，让他从小立下了好好学习、将来科学报国的志向。

1953年2月19日，毛泽东主席视察东海舰队"长江舰"，亲切接见年轻的水兵后合影留念，并挥笔写下了振奋人心的题词："为了反对帝国主义的侵略，我们一定要建立强大的海军！"这年，刚满17岁的徐芑南从上海南洋模范中学毕业，他深受鼓舞，更加坚定了为保卫海疆当一名造船工程师的理想。接着他如愿考入了上海交通大学船舶系。

四年半的大学生活，使徐芑南打下了扎实的理论功底。毕业时，他填报的分配志愿是船舶设计所或造船厂，一心想亲手为国家造大船。不料，却被分配到了中国船舶科学研究中心(702所前身)，他以为只是研究单位，找到管分配的老师想换一换。老师说："研究也要设计，人家想去还去不了呢！你去了就知道了。"

"是吗，那我服从分配。"当时，我国海军建设和国防科研事业发展迅速，但基础薄弱、技术缺乏，急需科技攻关。来到船舶研究所后，徐芑南被派去做潜艇试验。本来他的毕业设计是"水面舰船"，这一下要改变方向了，可想到国家的需要，徐芑南毫无二话，由此他的事业就从水上"潜入"到水下。

说来有意思的是，被分配研究潜艇的徐芑南，此前还没见过真正的潜艇，所有关于潜艇的知识都来自书本。他意识到，年轻人光有勇气还不够，更重要的是底气，这个底气来自对知识的积累。他主动请缨下基层，来到了青岛的海军潜艇基地，当上了一名"舰务兵"。徐芑南每天的工作，就是在适当的时候把一些阀门打开或者关上。其余时间，他一点儿也没闲着，在潜艇上跑前跑后，把各个舱段都摸了个滚瓜烂熟。一个月飞快地过去了，他觉得不过瘾，又要求延长下基层时间……

青岛是一座美丽的海滨城市，红瓦绿树，碧海蓝天，这里有迷人的汇泉湾海水浴场、雄奇的海上第一名山——崂山，到青岛的人们一般都要去游览这些胜地。可这些景点丝毫引不起青年徐芑南的兴趣，他百倍珍惜这次"当兵"的机会，一步也舍不得离开潜艇基地。至今回想起来，徐芑南仍然觉得这是他人生中一段非常重要的时光："我终于知道我干的是什么，该怎么干了，连看图纸的感觉都大不一样了。"

当徐芑南建立起对潜艇的认识并准备大干一场时，美国、苏联等国家已经开始向大洋深处进发了，载人深潜技术突飞猛进。年轻的徐芑南着急啊，他在工作之余找了很多外文资料来看，从中寻找灵感和思路。

因为人手少忙不过来，很多时候，徐芑南都要完成几个人的任务。从行车指挥、设备安装、实验测试到写分析报告，他一个人全包了，因而慢慢成了个"多面手"。徐芑南主持与创建了最大深海模拟试验设备群，这是潜艇耐压壳设计研究必不可少的实验设备。

当时西方对我国实行了严密的技术封锁，徐芑南和课题组成员绞尽脑汁，在工人师傅们的支持下，只用了 3 年时间，就自行研制出了我国第一台当卡环密封的压力筒设备。20 世纪 70 年代，他又开创性地提出了双层壳、定比压力的新结构形式，并建成了我国最大压力筒设备及系统——其压力达 25 兆帕、直径达 3.2 米、高 9 米，这为我国水下舰船和潜水器结构研究奠定了试验基础。

20 世纪 80 年代，美、法、俄、日先后研制出 4000 米至 6500 米级的深海载人潜水器。而我国海洋工程也在大力发展，徐芑南作为总设计师，带领中船重工 702 研究所等 5 个单位的技术骨干，成功完成了我国第一台单人常压潜水器和双功能常压潜水器的研制，达到当时国际同类产品的先进水平。

20 世纪 80 年代末，徐芑南被任命为船舶总公司总设计师，提出了赶超国际先进水平，攻克具有光纤通信的缆控水下机器人技术方案。这就是以援救为主、兼顾海洋油气开发的大功率作业型缆控无人潜水器。1992 年起，徐芑南受"863 计划"自动化领域首席科学家蒋新松之邀，又担任了 6000 米自治水下机器人的总设计师，并一举成功。

"无人、载人，有缆、无缆……几乎所有种类的潜水器，我都做过了。唯一想做而没机会做的，就是大深度的载人深潜器。"徐芑南不无遗憾地说。

20世纪后半叶，深海技术被认为是与航天技术、核能利用技术并列的高新领域，而载人深潜器则是海洋开发和海洋技术发展的制高点。1996年，花甲之年的徐芑南心有不甘地办完了退休手续，以为自己为之奋斗一生的梦想就此搁浅了。然而，希望往往出现在拐角处。

退休六年后，徐芑南有机会重新披挂上阵，担当了7000米级载人潜水器的总设计师，带领一批中青年科研人员，在大时代中续写深潜传奇，成就了事业的深度和人生的高度……

3. 总体组牵动海内外

2002年10月17日，一向宁静的702所大院里热闹起来了，来自北京、沈阳、武汉、南京、杭州、广州、青岛等地的科学精英云集这里，参加一个具有里程碑意义的会议——7000米载人潜水器总体组和总师组成立大会。原来，国家"863计划"重大专项组、中国大洋协会已经正式下文批准两个组的组成人员名单，今天特意在这里宣告总体组和总师组的成立。

自从启动仪式举办过之后，设在北京的7000米载人潜水器总体组就开始了紧张而繁忙的工作。几位成员分工把口，齐头并进：徐芑南、崔维成负责潜水器本体设计和总装联调，吴崇建带领701所余建勋等人承担水面支持系统，张艾群、王晓辉在沈阳自动化所组织做潜器控制，朱维庆指挥学生朱敏等人研发水声通讯设备。

组长刘峰则如同一部大片的总导演，总体通盘考虑，负责整个潜水器从设计制造、材料经费到培训人员、海试验收等工作，上对科技部、国家海洋局、大洋协会、重大专项领导小组，下对分布在全国的各路攻关大军，横向联系协调各有关单位，以及国外合作的谈判与签约。

据不完全统计，参与研制单位达到了103个，涉及研究所、高校、公司企业等等，分属于四大系统，也就相当于四个方面军。一是潜水器本体研发试验；二是水面支持系统——包括母船改造与布放设备；三是潜航员系统——从招收到培训，这是载人潜水器重要的一环；四是应用系统——潜水器研发出来，要考虑怎样去应用，由谁管理维护经营。四大系统缺一不可，只有把它们有机地衔接起来，才能使载人潜水器真正发挥作用。而这正是总体组的重任。

2003年以来，人们的研发热情和办事效率空前高涨，整个工作进程明显加快了速度。在此，我们摘录当时的几则大事记如下，可见一斑。

2月20日，7000米载人潜水器重大专项领导小组成立暨第一次会议在科技部召开。国家海洋局副局长倪岳峰任组长，科技部高新司副司长李武强任副组长。会议听取了刘峰所做的2002年专项工作汇报，审议了2003年专项工作计划，原则上通过了《7000米载人潜水器总体专家组章程》。

2月24日，中国大洋协会与科技部"863计划"自动化领域办公室正式签订《7000米载人潜水器研制合同》。

2月26、27日，7000米载人潜水器方案设计，通过了由国家海洋局在北京组织的专家评审。

3月28日，科技部副部长马颂德听取了国家"863计划"重大专项7000米载人潜水器研制情况汇报。刘峰汇报了专项进度，徐秉汉、李武强、毛彬以及项目组成员参加了汇报会。

4月4日、5日，7000米载人潜水器本体子课题，通过了由大洋协会在北京组织的专家评审。

7月31日，大洋协会、总体组分别与中船重工702所、中科院沈阳自动化所、声学所签订了子课题合同。

8月30日、31日，《7000米载人潜水器本体研制的初步设计》通过了国家海洋局在无锡组织的专家评审。

……

这里显示的仅仅是某月某日、具体什么工作和任务，以及哪些人参加做了什么事情，表面上看轻松简单，有条不紊地按计划进行，实际上每一项工作里都饱含着太多的酸甜苦辣、喜怒哀乐。下面，笔者根据采访讲述几个小故事，从中可了解他们遇到的困难和工作状态。

1．酒的魔力

"干杯！尊敬的院长，中国有句古话：生意不成情意在。我们还是朋友，请干杯！"

"好好，话是这么说，但是我们都很忙，不是专程来喝酒的……"

北京一座星级酒店包间里，正在举行一场别有意味的晚宴。一方是中国大洋协会、"7000米载人潜水器"总体组的成员，有大洋办副主任、总体组长刘峰、中方代理商等人。另一方是俄罗斯圣彼得堡克雷洛夫船舶研究院院长拉维奥罗夫院士、副院长彼拉也夫教授为首的俄方人员。尽管中方上的是国内最好的高度白酒，主陪、副陪们也在不断地敬酒，可本来善饮的俄罗斯人总是打不起精神来，只是低着头喝闷酒。

事情起因于一场不欢而散的谈判。

中国的载人潜水器走的是一条自主设计、集成创新的道路，站在世界高科技的前沿上，到国际市场上购买材料、委托加工，完成自己的设计理念。这样就比等待国内工艺材料都达到先进水平再做快得多。这是当今各国科技界惯用的一种方式。其中，载人球体需用钛合金制造，强度大，比重轻，耐高压，耐腐蚀。经过反复权衡对比，总体组决定请具有高超工艺和成功经验的俄罗斯克雷洛夫船舶研究院加工制造。为此，以刘峰为团长的大洋协会代表团数次前往俄罗斯访问、洽谈，终于在价格、标准、工期等方面有些眉目了，便邀请他们前来北京最后敲定、签字。

由于历史和现实的原因，俄方专家愿意与中方合作，共同研制开发深海载人潜水器。他们一行七人，包括两位院长高高兴兴地来到中国，经过一周的友好磋商，就所有合作细节比如付款方式、交货日期等都达成了协议。大洋协会办公室决定搞一场正规而热烈的签字仪式，大造声势，为建造中国深海载人潜水器开一个好头。不料，计划报到有关领导部门，却卡壳了："立项还在走最后程序，先不要签。"

一句话，让具体参加谈判的总体组很为难：技术上都已经谈妥了，总不能在国际合作中失去信誉吧？可又不能告诉俄方实情，只好采取拖的办法，请他们去参观或者休息。一天过去了，两天过去了，还是没有回音。人家看出是中方出了问题，在一次例会上，拉维奥罗夫院长一摔笔记本，脸色不悦地说："不谈了，我这个院长，国内还有许多工作呢，没有时间在这里空等。马上订明天的机票回国。"

稀里哗啦，几位俄罗斯人拉开椅子，起身要走。这可使中方人员有点着急了，因为好不容易谈好了合同，如果不能及时签字生效，前景难以预料，那就可能影响载人球舱的制造。刘峰与在座的同事们互相看了看，不甘心就此作罢，说："对于这种情况，我们十分遗憾也很抱歉。你们明天要走，今晚我们请各位吃饭，也算是饯行吧。"

俄方人士尽管心中不快，但不好推辞："好吧！"

一场表面热烈而实则尴尬的宴会就这样开始了。刘峰和中方代理商作为东道主不断地向客人劝酒："来来，多喝点，中国人说不打不成交，虽然今天没有签订合同，但我们进行了真诚的谈判，从现在起就是好朋友！"

"是啊，是啊。来，干杯！"俄罗斯人大多有酒量，也喜欢中国的白酒，看到陪同人员如此客气，慢慢缓解了情绪，脸色"多云转晴"，一杯一杯地干了起来。为了表示主人的诚意，几位中方人员不管平时酒量如何，也都"舍命陪君子"。

酒过三巡，菜过五味，气氛开始热闹了，刘峰斟满了一杯白酒，悄悄将院长拉到一边说："我个人非常敬佩院长先生的学识，再敬你一杯，瞧，干了！"一仰脖子，满满一杯酒热辣辣地灌了下去，由于已经喝了不少了，加上急了点，眼泪差点激出来。

拉维奥罗夫感动了，也毫不犹豫地喝干了酒，一亮杯子，两人笑了起来。刘峰接着说："院长啊，您先回国，能不能让你的副院长留一留？估计再有两天就会有结果的。"

铺垫做好了，一切顺理成章，拉维奥罗夫爽快地点头了："可以！就让他晚走两天吧。"

最后，双方喝得痛快淋漓，一个个摇晃着走出了餐厅。俄方人员就在本饭店里住宿，而刘峰和代理商送走了客人，互相搀扶着不知从哪儿出了门，一溜歪斜地找不着自己的车了，只好各自打车回家。忠实的司机竟在停车场苦等到天亮。

幸亏这一顿黑天昏地的"大酒"，最后挽留住俄方副院长彼拉也夫又等了三天，程序终于走完了，传来一声福音："合同可以签了！"

事不宜迟，刘峰马上组织有关人员加班加点做好准备工作，连夜举行简朴的签字仪式。中俄双方在这份来之不易的合同上郑重地签了字。时间已到凌晨一点多了，在场的人员没有一丝睡意，在响亮的掌声中，大家开心地举起香槟酒，互致祝贺，共同度过了一个难忘的不眠之夜。

虽说原本计划中的仪式应该轰轰烈烈的，现在显得有点冷清，但却是经历了几次三番磨难，来之不易啊！这一签，7000米载人潜水器最关键的部件落实了！

2．紧急出国

深海潜水器除了钛合金球舱之外，还需要一种优质的浮力材料，使其在水中具有超强的浮力，便于完成海底作业后迅速上浮。经过在国际市场上反复比较、遴选，总体组选中美国一家公司生产的浮力材料。它由硼硅酸盐原料经高科技加工而成，具有质轻、导热低、强度高、化学稳定性良好等优点。

不料，这种浮力材料却没有通过美国政府出口许可审查。

载人潜水器研发虽然作为民用科研项目立项，中国大洋协会是项目的最终用户和业主，也承诺不用于军事目的、不转让第三方，但由于其应用范围的敏感性，还是引起了美国官方的猜忌。作为折中和让步，美方出口审查小组同意将浮力材料的性能降低一个等级后出售给中方。

那家公司负责人找到中方，双手一摊："没办法，我们必须服从政府的决定。"无论中方如何解释，对方只是耸耸肩，表示爱莫能助。

为了不影响大局，中方决定接受这一现实，适当增加浮力材料，但这对潜水器整体设计产生了巨大影响：增加材料，将意味着增加潜水器的体积和整体重量。由此，潜水器的总体布置、设计图纸必须重新再来，布放回收系统的起吊能力和母船的改装，也都必须另行复核论证……

没说的，大家憋着一口气，想方设法，逐一克服！

一波刚平，一波又起。根据合同约定，这种材料需运到美国公司设在英国的工厂，按照中国的设计方案加工成型。合同生效后，浮力材料公司分两批运往英国加工。第一批顺利完成交货运抵上海，而第二批在希斯罗机场发运时却遇到了麻烦：英国海关决定在已经加工成型的浮力材料上打孔取样，测定实际比重。如此，几箱已经加工成型的浮力材料被扣押在伦敦希斯罗机场。

消息传到北京，总体组长刘峰坐不住了，会不会再节外生枝？他立即上报主管领导，得到明确指令：马上出国解决，尽快促成英方按照合同规定的期限交货、发运。

十万火急，刘峰用最短的时间办妥手续飞往伦敦，立即找到中国驻英大使馆科技参赞，说明了情况："请赶快帮助想个办法，就这么扣在机场，可真耽误大事了！"

"别着急，先坐下喝口水。"参赞一边倒水一边思考："如果进入了检查程序，是不能取消的。但我们可以抓紧协调，请海关方面加快速度。"

情况摸清楚了：浮力材料是按照合同规定生产加工的、比重在工厂经过检验是合格的，英国海关开展的是出关前复查，程序正当，无可厚非。但是，对中方用户来讲，这种把关来得有些迟了。即便在中国驻英大使馆的积极沟通协调下，检测和审核过程还是耽搁了近两个月的时间，才予以放行。

有惊无险。谁知，潜水器需要的其他物品却在我们国内机场又遇到了麻烦……

3．扣了18个月

上海浦东国际机场。

一架来自俄罗斯圣彼得堡的客货两用班机飞来，漂亮的流线型机身在蔚蓝色的天空轻盈掠过，从地面看，犹如一条硕大的鲨鱼畅游在海洋里。在塔台的指挥下，飞机安然降落下来滑往停机坪。地勤人员驾车飞快地围拢过去，卸运货品、检修加油。

前来提货的人们手拿货单，焦急地拥挤在海关窗口。不知过了多长时间，忽然传来一阵争执声："哎，这是怎么说的，我们为什么不能提货？"

"因为你们没有完税单！"

"不对啊，这是国家'863计划'高科技项目，不需要交税的。现在研制单位急需这批零部件，不然就耽误整个项目了。"

"那也不行。我们没接到有关方面通知免税，就得交上税才能办手续。"

提货人磨破了嘴皮也不管用，急得满头大汗。这正是7000米载人潜水器项目组前来提取国外采购的物品，却遭到了"扣压"。事情紧急反映到北京中国大洋协会总体组，又把刘峰推到了第一线。

原来，我们所有在国际市场上采购加工的材料、部件，均需经上海浦东国际机场运进来，再转到各设计制造单位去。如今，谈判时好不容易费尽口舌争取来的工期，却因无法顺利提货，也就无法进入接下来的工作程序而耽搁了。另外，"863计划"项目的研发经费本来就非常紧张，根本没有考虑关税款项，项目承担单位也无力支付这笔数额可观的税款。

这该怎么办？一方面主管部门对项目进度提出了具体时间

要求；另一方面，货物却只能躺在海关睡大觉？每一个部门都在忠实地执行他们的职责：海关按规定验税单，没有错；科技部、海洋局积极推进重大专项的研发进程，也没有错！问题出在当初制订"863计划"时，没有明确凡属于国家重大专项的可以免税这一点。政策界限非常模糊，落实起来就很难办。

然而，负责总装联调的702所，还在眼巴巴地等待这些材料呢，眼看就得停工待料了。刘峰他们抓紧向科技部高新技术司汇报，同样忧心如焚。但国家税收是个大问题，需要财政、海关、发改委、税务等几个部门通盘研究，显然不是科技部能够决定免税的。最后事情报到了国务院。

有关领导高度重视，做出了明确的指示："特事特办，不能耽搁。"

事情有了转机，各部门开始认真落实批示精神。不久，载人潜水器引进的部件终于到了无锡702所，进入总装联调的阶段。从货物运抵浦东机场到全部提出来，屈指一算已经整整18个月了……

4. 第一代潜航员

载人潜水器，顾名思义，就是需要人来驾驶操作，并且载着科学家或探险人员深入海底的。没有潜航员，即使制造出来潜水器，也无法使用，连最起码的海试都试不了。这在 7000 米载人潜水器立项之初，就属于研制潜水器的四大系统之一。然而，当时的中国科技界，真正见过载人深潜器的人很少，更遑论潜航员了。

总体组在抓紧进行潜水器本体研发制造的同时，也把潜航员的选拔和培训提上了日程。2004 年 1 月 12 日，大洋协会发出了第 1 号文件：成立了载人潜水器驾驶员选拔专家组，刘峰任组长，史振耀任副组长，尹开连、魏金河、滕征光、李士明、陈鹰、冷建兴、彭利生为成员。

首先，要有能够承担海试任务的试航员，既能完成研制潜水器的全部程序，又像一颗优良的种子，生根开花陆续蔓延。

刘峰组长利用去美国参加"全球地质大会"的机会，专程找到马萨诸塞州的伍兹霍尔海洋研究所，洽谈中方人员利用他们的"阿尔文"号潜水器，到深海中去下潜体验。

伍兹霍尔海洋研究所是美国大西洋海岸的综合性海洋科学研究机构。设有海洋生物学、海洋化学、海洋地质学和地球物理学、物理海洋学以及海洋工程5个研究室。他们是国际上公认的深海研究权威，其"阿尔文"号载人深潜器不仅因发现海底热液、冷泉生物群功绩显赫，也为世界各国科学家提供了深海平台。

刘峰来到这里，与首席科学家Mourice先生和副所长Detrick先生进行了商务方面的洽谈，达成了"中美联合深潜"项目协议，将由中方派出8名海洋科学家、工程技术人员，搭乘"阿尔文"号下潜4个潜次，深入海底科学考察，同时体验、学习潜水器的操作运行。中方支付下潜和两天的母船航度费用。

人类的科学探索需要国际合作，这是正大光明而切实可行的。

刘峰高兴地打道回府，向国家海洋局和大洋协会领导汇报后，立即通知全国有关部门做好准备，特别是负责7000米潜水器本体的702所，选派第一代试航员赴美培训操作深潜器。就这样，年轻干练的小伙子叶聪走上了研发我国载人潜水器的前台。

1．叶聪

2014 年 7 月 8 日上午，我在随同"蛟龙"号科学考察的母船——"向阳红 09"船上，采访了已是本航次副总指挥、潜航部门长的叶聪。我们所住的舱室相邻，可正在备航检测期间，他每天忙忙碌碌，很少在房间里待着，好不容易才约好了时间。说起这段经历，叶聪乐呵呵地回忆道：

"这个项目是好不容易争取来的。当时分两部分内容，一是科学考察，二是工程学习体验。我参加的是工程方面的。首先在国内做了培训，理论学习，机械操作等等。那也是我第一次去美国，按计划第一站到洛杉矶，再转往西雅图。不料在北京机场延误了两个小时，我们担心不能按时转机，就赶不上登船了。好不容易到了洛杉矶，一看表快到起飞时间了，可转机在另一方向的登机口。我们都顾不上仪表了，提着大包小包在候机厅里来了个百米赛，弄得老外直瞪眼，这几个中国人怎么啦？不管怎么说，总算没有误机，按时到了西雅图，住了一晚上，一心全在下潜，谁也没有心思观光。第二天就赶到码头，上了'阿尔文'的工作母船'亚德兰蒂斯'号。船长分配了房间，讲解注意事项，做了逃生演练、消防检查，等等。只觉得一晃，开船了……"

年轻老成的叶聪，工作起来十分认真，平常说话则很风趣，爱开玩笑："这船上一共 40 多个人，有 20 来名船员，其余是'联合国军'，有日本人、印度人、韩国人。我们中国团队是第一次上船，船长很重视，专门分了一间实验室。那年我26岁，体重90公斤，心里嘀咕是不是胖了，下潜会不会受影响？有位美国人很胖，大个子，身高1米9左右，他拍拍我的肩膀说：你长得太小了，看我，下潜了几百次了，没问题。我们球舱2米1高呢！这给了我很大信心。船上有活动室、休息室，船长爱打乒乓球，可技术不怎么样，知道中国人小球厉害，喜欢拉着我们打。领队悄悄说'陪着玩玩吧，船长爱面子，可别把他打得太惨了……

"随船开到预定海域的第四天，我就参加下潜了。首先是工程下潜，检查一下潜器状况，适应一下周围环境，等等，那天主驾驶是'阿尔文'号的潜航员T。考虑到要在水中待上七八个小时，早餐吃了一些面包和水果，尽量少喝水。8点钟左右，有关人员已在甲板上了，老T早已在舱内等着呢，我下来后，顶盖关闭，我的第一次海底之旅开始了。由于'阿尔文'采取无动力下潜，速度并不快，每分钟30米左右。利用这段时间，老T介绍了一下舱内设备和使用方法。我在旁边观摩学习着，他还让我帮助进行了接地、通讯测试。一个多小时后，下潜到了2200米深，探地声呐显示离海底只有100米左右了，T熟练地抛弃了第一块负载，减缓下沉速度，同时开启了灯光和摄像机……

"渐渐的，海水中到处漂浮着一种白白的物体，起初我以为是海底的灰尘，后来方知那是海底生物，说明离热液口不远了。果然，当我们驶过一个夹缝后，就进入了热液区域，一个丰富的生物世界展现在眼前。通过观察窗，可以看到鱼、虾、海星等，还有腿长20厘米的蜘蛛蟹。它们互相依靠，吞噬比自己低等的生物。老T知道我主要是学习潜器的操作和维护，很热情地向我讲述潜航员需要完成的工作，还让我尝试了一下相关操作。他与我交换了一下位置，指点着将潜器上浮100米，沿90度航向巡航。这使我兴趣大增，特别想到将来要驾驶自己的潜器，便大胆地把握摇杆，认认真真地操作了一会儿。不知不觉，我们在水下待了近五个小时了，完成了相关工作。按计划抛载上浮。这与下潜一样，是个漫长过程。整个潜次，我一点不紧张，整理完资料有点累了，竟随着主驾驶播放的音乐打了个盹。以至于老T向母船汇报：'中国小伙睡着了！'按传统，第一次下潜归来，总要搞点恶作剧庆贺。要么给你皮鞋里放点冰块。张佳帆他们早早准备了一大盆海水，等我出了舱走过来，迎头泼了我一身，好家伙，身上那点热乎劲儿全没了。可心里挺高兴的……

"临返航前，我又下潜了一次，其他成员也相继体验了，这对于日后操作我们的潜水器大有益处。不下潜作业时，船上有很多文献资料，可以学习、交流。都是搞科学的，'阿尔文'对我们很开放。本来，队长担心中国团队第一次上船，不好交流。没想到我们都是年轻人，很容易跟大伙玩到一起了。最后下了船，我们又走访了'阿尔文'的管理单位，他们盛情邀请我们参加酒会。结果在华盛顿大学草坪上，我们都喝多了，就躺在那儿聊天，一个叫布鲁斯的老外问我：你说潜航员最重要的是什么？我想了想，还没回答，他先说了：'是有好胃口！'我笑了：'你这个人就知道吃！'他哈哈大笑起来。

"后来，当我们的'蛟龙'号3000米海试成功，电视上报道了，布鲁斯看到我出舱的镜头，认出来了，说这个小伙子在我们这儿培训过。船上的实验室主任也是个大胖子，得克萨斯州人，看上去有200多斤，管绞车，我经常陪他值班，聊得很好。走时，他送给我一顶牛仔型的安全帽，灰色的，上面写着他的座右铭：得克萨斯人不是好惹的。呵呵，现在我还珍藏着呢……"

这一次中美联合深潜活动，虽说只有21天的时间，下潜了8个潜次，可收获的效果和意义是巨大的，在中国深潜史上占有重要的一页。这是中国人第一次零距离、正规化、全面系统地体验和认知深海潜水器，未雨绸缪，先行一步，体现了组织者的超前眼光，为我们日后研发、海试7000米载人潜水器发挥了直观而又重要的作用。

特别是叶聪，回来后积极投身于7000米载人潜水器的研发之中，不仅仅在设计、建造方面成绩斐然，同时成为当时国内唯一的载人深潜器试航员和教练员，为培训我国第一代职业潜航员做了大量工作，堪称一位大师哥。

6年后——2011年7月，"蛟龙"号在执行5000米海试任务时，一直参与其中并发挥重要作用的专家组组长，特意带来了当年中国团队参加中美联合深潜活动的合影照片。

2．傅文韬

　　美丽的杭州西湖，清清的湖水微波荡漾。时令进入初秋，正是游湖赏景的好季节，兴致勃勃的游人络绎不绝。这天傍晚，有一个年轻的小伙子独自来到湖畔，却没有一般游客的兴致，眉头微皱着，似乎心事重重。

　　他的名字叫傅文韬，一年前毕业于兰州理工大学通信工程专业，曾应聘深圳某企业工作，表现出色，不久就干到部门负责人了。可他从小志向远大，不满足这样一眼望到头的生活。恰巧曾经的大学女友在浙江某高校读研究生，小傅干脆辞职来到了杭州，一边兼职打工，一边复习准备考研，换一种活法。然而，考研大军浩浩荡荡，不一定成功，换句话说，即使读研拿到了硕士学位，又会开始怎样的人生之旅呢？

　　这是2006年9月的一天，小傅转了一圈回到住处，打开电脑上网浏览，突然发现了一则中国大洋协会、国家海洋局北海分局发布的"载人潜水器潜航员选拔公告"，条件如下。

　　（1）具有中华人民共和国国籍，热爱祖国，拥护中国共产党的领导，热爱海洋事业，志愿成为我国载人潜水器潜航员。

（2）男性年龄在 22 至 35 周岁之间，身高在 165 厘米至 176 厘米之间，裸眼视力 0.8 或矫正视力在 1.0 以上。

（3）全日制高等院校本科及以上学历，专业限定为：电子科学与技术、信息与通信工程、船舶与海洋工程及相关专业。

（4）身体健康……

深海潜航员，这个新鲜而又富有挑战性的职业，使傅文韬眼前一亮，虽说他的家乡在湖南益阳县，并不是海边长大的孩子，但早年读过的科幻小说《海底两万里》这类关于海洋的作品，还是给他带来了种种兴奋和好奇的感受，到大海上去乘风破浪，特别是探索海底的奥秘，更令他向往。当然，如果能够成功，就是国家海洋工作者了，命运将从此打开一条新路。自己符合应试条件，他当即决定报名！

"当时感兴趣的人不少，最后报名的却不是很多，主要还是因为这个事情在中国还处于起步阶段。一想到要下到几百乃至几千米的海底去，大家都觉得风险太高。"

同样在这次随同"蛟龙"号科考的母船上，我利用他们休息的时间，来到傅文韬的舱室采访，他回忆报名参加潜航员选拔时的情景，依然历历在目："在我看来科学探索本身就是挑战风险，必须要有先行者站出来。再说我政治条件不错，高三时就入了党；身心素质也很好，上大学时体育成绩名列前茅……"

无论从形象还是口才来说，傅文韬都是一个帅小伙，如果从事演艺事业，也具有"明星范儿"的潜质。思维敏捷，身手矫健，尤为重要的是喜欢去探求未知而有兴趣的领域。整整一个上午，我们俩在小小的舱室里，围绕着深潜事业，漫谈着关于人生、社会和国家的话题……

报名不久，傅文韬接到了通知，他的材料通过了审查，要求近日前往位于青岛的国家海洋局北海分局 --- 大洋办委托他们代为选拔管理首批潜航员，参加面试和身体检测。此时距离研究生考试也只有一个月了，他心里有点打鼓：如果不行可别影响了考研，转念一想，机会难得，还是要去试一试的。

"那一次，我们一共去了15个人，包括哈工大的唐嘉陵。接连考了一周多，各种测试，身体的，心理的，大概有100多项。"傅文韬对我说："许老师，你想象不到多么严格，据说是比照航天员选拔的。印象最深的是抗压测试，把候选者关进高压氧舱中，压力设定成相当于18米水深的水平，必须在里面撑45分钟才算合格。在高压的环境下，耳膜一阵阵剧痛，差一点就受不了了，我还是咬牙挺了过来，但很多人在这个环节就被淘汰了。"

考核结束，傅文韬回到杭州继续准备考研。一个多月过去了，无声无息，他以为没戏了，不免有一丝失落。这天 ---2006年

12月25日，正是西方圣诞节，在校大学生们张罗着过节。可傅文韬没有心思，斜倚在宿舍床上，捧着一本英语教材复习，忽然手机响了，一个陌生的号码。他接起来一听："你是傅文韬吧，我是北海分局人事处的陈立新，现在正式通知，你通过了潜航员选拔考试，被录取了！你愿意吗？"

"是吗？真的？太好了！我愿意、愿意……"意外的惊喜使傅文韬不知说什么好。

"那好，请你于2007年2月5日到青岛北海分局报到吧！"

"好好，谢谢陈主任，谢谢！我一定按时报到。"放下电话，傅文韬"噢"地大叫了一声，把手里的课本一扔，我要当潜航员了！说实话，本来前途未卜，生存压力大，总有一种被什么追赶的感觉。现在起码有了稳定的工作——第一代潜航员，只要勤奋努力，对国家是个贡献，对个人也是一种很好的提升，他的眼前展开了一条洒满阳光的大道……

3．唐嘉陵

后来，媒体公开报道"蛟龙"号深潜海试成功的新闻，总会这样说："中国第一代潜航员叶聪、傅文韬、唐嘉陵。"

后来，中共中央、国务院授予"载人深潜英雄"称号大会上，排在前三位的也是他们"哥儿仨"。

如果说叶聪是702所的主任设计师、兼职潜航员的话，那么作为国家首批招录培养的职业潜航员，就是傅文韬和唐嘉陵了。每当跟随母船出航的时候，唐嘉陵总是与傅文韬住在一间舱室里，门牌上清晰地印着"潜航员"字样。这是从载人潜水器海试到试验性应用几年来的惯例了。两人同一天入职共事，已经八个年头了，早就如兄弟一般。我采访傅文韬时，小唐礼貌地让出房间出去了，反过来，小傅也是一样。

唐嘉陵比傅文韬小两岁，个头也稍矮一点，但同样生得眉清目秀、身材匀称，剪着小平头，一双黑亮亮的眼睛，透着聪慧和机敏。让我印象深刻的是，年龄不大的他，却十分老成持重，善解人意，看到我端起杯子，马上主动提壶续水："许老师，你喝水。想了解什么，你就问吧。"

"没什么，我想趁还没有展开下潜作业的时候，聊聊你们学习、成长的历程。作家与记者采访不一样，主要是想听听其中的酸甜苦辣……"

一提到唐嘉陵的名字，人们马上会想到这是个四川人，老家在嘉陵江岸畔。实际上，小唐是四川人不错，可他并不是生活在嘉陵江畔，而是在其上游的一条支流涪江边长大的。1984年4月20日，四川遂宁市一个普通工人家庭里，传来一阵阵喜悦的笑声：家里添了一个大胖小子。取个什么名字呢？妈妈杨秋云个子不高、身子不壮，却是个意志坚强、心胸远大的女子，希望儿子将来像那条有名的嘉陵江一样，一路奔腾向大海，就叫嘉陵吧！

2003年高考，正赶上全国闹"非典"。学生搬到了新校区，全部住校封闭，紧张的复习备考。成功不负有心人，唐嘉陵考分一举超过了重点线。填报志愿时就想到去远方上大学，第一志愿：哈尔滨工程大学通信工程专业。录取通知书来了，要去那么远的北方上学，妈妈决定送他去学校，顺便也去旅游一下。第一站到了北京，母子俩看了天安门、八达岭，又转车前往北戴河。时值八月底了，海滨旅游已是淡季，可从未见过大海的唐嘉陵兴高采烈，到了宾馆，把行李包一扔，就跑到海边去了。

正是一个阴天，傍晚起风了，灰蒙蒙的海水一望无际，白色的浪花翻卷着，如同高举着一簇簇花束前来欢迎似的。唐嘉陵兴奋地张开双臂，在沙滩上奔跑着，忘情地大声喊着："大海，你好！大海，我来了！"哪里想到，几年后，他就将与大海终生相伴，甚至畅游海底世界了。仿佛冥冥中，命运已经给他安排好了。他这条"嘉陵江"早晚要奔向大海的……

大学四年，虽然已不是当年的"哈军工"了，但还是那个校园，那些老房子，那种精气神。唐嘉陵如鱼得水，畅游在知识的海洋里。大四上半年，学校转发了大洋协会选拔"深海潜航员"的通知，这引起了唐嘉陵极大的兴趣：一个新兴的行业，机遇和挑战并存，尽管有风险，但值得去闯荡一下。当时他已经与广州一家企业签了工作合同，为了更广阔的天地，他决心报名试一试。

通过报名资格审查后，前去参加考核。大四下学期开学不久，唐嘉陵就乘船从大连经烟台来到了青岛。与傅文韬等15个人参加了严格的测试，经过一轮轮考核，只剩下4个人去面对直接坦率的综合面试。房间里摆着一圈桌子，后面坐着各位专家，考生坐在中间的凳子上，灯光暗淡，气氛严肃，提问开始了："为什么想从事这项工作？"

唐嘉陵从容回答："我从小就有当兵的愿望，也向往海洋，潜航员与海军接近，所以我愿意做。"

"你对生命是怎样认知的？"

"人到这个世界上来，生命是有限的。不管长与短，只要干好了这辈子的事，就没有白活。"

有的老师一针见血："你怕不怕死亡？"

"实话说，人都怕死。但我觉得做好分内的事情，就值了！"

他不知道这样的回答对不对，但确实是内心实实在在的想法。测试完毕，返回学校等通知，唐嘉陵马上就把这事忘了，一门心思投入到毕业论文的写作中去。直到这年12月25日，他接到了北海分局人事处陈立新主任的电话："祝贺你，通过了考核，成为潜航学员，愿不愿意来青岛工作？"小唐愣了两三秒，立刻反应过来，兴奋地答道："我非常愿意！""那好，你明年2月5日前来报到。"

"嗷——"一个宿舍的哥们儿得知了，纷纷围过来庆贺，"第一代潜航员，光荣啊！""海洋局工作，羡慕啊！""请客请客！"唐嘉陵大方地回应着："没问题，我请我请。"那天晚上，他花了200多元请同学们吃了一顿饭，那可是平生以来最大一笔餐费了。当时，唐嘉陵先给妈妈打了一个电话告知此事。杨秋云既高兴又挂心，声音都有点颤抖。唐嘉陵听出来了，大声说："妈妈请放心，我不会让你失望的……"

　　班级和学校领导给予了全力支持，破例允许唐嘉陵提前半年离校，前去接受潜航员培训，要求他利用业余时间完成剩余课程和毕业考试。此后，小唐一边参加培训，一边精心完成了毕业论文。

　　2007年7月6日毕业典礼，他从紧张的培训基地抽空赶回学校办理毕业手续。只是前几天全班同学就身着学士服照了毕业合影，缺少唐嘉陵。可他很看重这张照片，专门要了一张珍藏起来，上面没有他本人，却十分有意义……

4．同步前进

　　傅文韬和唐嘉陵，他们成为了新中国第一代仅有的两名职业潜航员。

　　新中国成立以来，人民海军早就有了潜艇兵，海事救助部门也有从事水下工作的潜水员。但那都是凭借某些设备在浅水里活动，几米、几十米，最多不过几百米深，根本与深海数千米直达海底不可同日而语。

正像我们正在摸索研发载人潜水器一样，选拔培养潜航员也是从零开始。为此，2006年6月，在国家海洋局统一领导下，专门成立了潜航员管理办公室，设在位于青岛的国家海洋局北海分局，教授级高级工程师吉国任主任，负责两位潜航学员的日常管理。

在我国，潜航员是一个全新的职业，培训学习无资料、无标准、无教学大纲，完全是摸着石头过河。为此，大洋协会在2006年8月又成立了7000米载人潜水器潜航员培训专家组，由航天医学工程研究所的黄瑞生研究员任组长，成员包括上海交大的石中瑗、沈阳自动化所的张艾群、750试验场的杨景华及苏军、702所的胡震和701所的余建勋等教授专家。值得庆幸的是，两位潜航学员选拔出来，恰逢我们的首艘载人深潜器进入组装阶段。傅文韬和唐嘉陵直接加入进来，一边参加研制工作，一边学习其原理、构造，等于一天天共同成长起来。

2007年2月5日，这一天对于两位幸运的年轻人来说，应该是永远难以忘怀的。小傅和小唐相继来到青岛，走进海洋局北海分局潜航员办公室报到。吉国主任紧紧握着他们的手说："从现在起，你们就是海洋人了！"而后带领着他们办完了手续，分配了宿舍房间，每人发了一台华硕笔记本电脑和一个月的工资。

因为距离春节不远了，宣布先回家过年，处理个人事务，3月初返回正常上班。

3月13日，他们俩在吉国主任的带领下，奔赴702所的大本营——江苏无锡，来到"载人潜水器"的诞生地，与担负培训工作的胡震、侯德永、朱渝业等老师见了面，开始接受全面系统的潜航培训。

专家学者们经过研究讨论，结合正在进行的载人潜水器的研发特点，以及国外同类型潜器的成功经验和潜航学员应该掌握的知识技能，制定编写了培训教材。其中包括潜航学员培训细则、海洋基础理论、潜水器操作与维护、模拟器操控训练、水池试验测试、潜水实训等等。培训要求潜航员对深潜器各系统的组成、工作原理、设计特点等了如指掌，并能够对潜水器各个系统的一般故障作出诊断和处理。

除此而外，702所还增加了对潜航学员理想、事业心、责任感和民族自信心的培养。项目组的高级工程师朱渝业说："潜航学员原先一点也不了解深潜是怎么回事，没有崇高的奉献精神是不行的。尤其是作为我国第一批仅有的两名潜航学员，这不仅是其个人的荣誉，更承载着中华民族深潜事业的希望和未来。"

在生活上，702所对学员们给予了无微不至的关怀，单独为他们开了小灶，安排专门的营养师每天按照营养标准配餐。同时规定两名学员禁止随意在外用餐，禁止饮酒和吸烟，严格遵守作息时间，执行外出请、销假制度，按时进行体能训练和心理自测。

全新而严格的培训生活开始了。那些日子，傅文韬和唐嘉陵成了702所水下工作室的工作人员，每天跟着工程技术人员上车间，召开班前会，研究布置今天各方面的工作，而后分别参与潜水器的总装，为老师们当助手，边观摩边动手边学习。一干就是一天，晚上回到宿舍，则抓紧看书查资料，学习理论知识。尽快了解潜水器的原理、构造，掌握其设计和技术特点。

这期间，培训组还带领他们去上海立丰造船厂，观看正在这里改装的深潜器母船"向阳红09"船，全面熟悉水面支持系统——这是将来他们在海上工作生活的大本营。同时，前往上海交通大学海洋水下工程科学研究院，接受特殊条件下的心理素质培训和检测。

值得一提的是，当时主持这个项目的是上海交大水下工程科学研究院主任石中瑷教授，他1963年研究生毕业于前苏联列宁格勒大学。长期从事特殊环境生理学的研究，取得了一批重要科技成果，1984年获得首批国家级有突出贡献中青年专家称号，曾主持珠穆朗玛峰高山生理考察及青藏高原对人类活动影响的研究项目。近年来，他带领研究人员参加了载人潜水器重大专项的子课题研究，从潜航员选拔到潜航员的体能和心理的培训，都要求他们负责。

深海潜航活动是一个很复杂的系统控制工程，在这个流程中，将会持续不断地出现信息的控制与反馈，信息流量大且流速快。所以，潜航员对潜航中的信息进行及时和正确的处理，至关重要。石教授团队工作的总体目标是：培养出有健康的体魄、稳定的工作情绪、平衡的心理状态、生理功能达到最佳状态的深海工作者。

而随我们一起参加 2014—2015 年"蛟龙"号试验性应用航次的一位心理学博士，正是石中瑷教授的儿子石路。他年愈不惑，性情随和，一副乐呵呵弥勒佛似的面容，曾留学日本多年，现在子承父业，回到上海投入到人体生理及心理研究中，谱写了一段父子两代为中国深潜事业做贡献的佳话。

每当新一轮潜次准备下潜的时候，各个岗位上的工程技术人员围绕着潜水器，有条不紊地检测调试，而针对潜航员忙碌的就是石博士了。从前一天晚上到正式执行潜次任务，他拿来随身携带的精密仪器，像做心电图和脑电图似的，安在下潜人员身上，进行各种测试。有的还直接让人带到了海底，返航后马上查看，纪录第一手数据。

漫长的航渡过程中，有时是很枯燥乏味的，他就经常到我住的舱室里来聊天、漫谈。我曾问他："普通人深潜有什么特别要求吗？"

"理论上不需要，载人潜水器与航天不同，球舱内保持正常环境，承受压力的是外壳。但毕竟是在几千米海底，心理会影响生理。所以必须经受专门培训。"石路深入浅出地介绍道。

"怪不得我几次申请下潜，刘总指挥只是笑笑，说没有培训不行呢！"

"是啊，我倒是培训过了，可一般也不安排。因为目前还是试验性应用，万一有人在水下心理失衡可不得了。将来成熟了还行，就像人们坐飞机一样。"

由此，我明白心理素质对于一名潜航员来说，是相当重要的。这就是当初傅文韬和唐嘉陵在这方面经受非同寻常的训练的原因。

2007年秋天，直接与潜航密切相关的一次实训开始了。

按照预先安排，潜航员办公室吉国主任和702所水下工程室侯德永书记等人，带领傅文韬、唐嘉陵来到了距离云南昆明70多公里处的抚仙湖畔。这是中国有名的淡水湖，南北长约32千米，东西宽约12千米，水质极佳，清澈见底，最深处达155米。中船重工750研究所试验场就设在这里。

它是我国内陆唯一的水中特种装备综合性试验场，几十年来，承接了我国各种水下特种设备的试验工作，成功率在95%以上，堪称英雄试验区。这里有两台可下潜300米的载人潜水器"渔鹰一号"和"蓝鲸号"。潜航学员可以真正体验一回下潜的感受了。

毕竟是第一次潜入水下，印象极深。多年后，唐嘉陵面对我的采访，深情地回忆道："这么说吧，许老师，虽说早就有思想准备了，但初次下潜——尽管是在平静的湖水里，心里还是有些忐忑的。昆明的 11 月，天气比北方好多了，不冷不热的。我们先是在市内总部学习了一周的理论，然后到抚仙湖参加实际操作。那是一个天高云淡、风和日丽的日子，湖面波光粼粼。码头边上停靠着工作母船，'蓝鲸'号已经吊装在上边了。吉主任和崔老师陪同我们上船。试验场水下装备研究室主任杨锦华、艇长纪伟等人早就等候在那里。杨主任是我国第一代援潜救生艇的艇长，从一名海军战士一步步成长起来，办事严谨，经验丰富，很敬业，为我们树立了一个很好的标杆……"

"这一次，他和吉主任在船上指挥，纪艇长和助手李洪嘉、杨帆等人，还有分局的崔老师陪同我和文韬下去。其实，这台潜水器有点像小型的潜水艇，里边空间挺大，可以同时乘坐五六个人，前面有一个半球型的观察窗，视野很好。第一次下潜了七、八十米，纪艇长指点着我们学习驾驶潜水器、操作机械手。他先演示一遍，我们跟着学习……"

"不知不觉一个星期过去了，我们的实训也接近尾声了，最深处潜到了 120 多米。这时接到一项打捞任务，杨主任安排我们去执行。那天恰巧是纪艇长带领我下潜，让我操作潜水器坐底巡航，找到了落在湖底的物件。它已经深深的扎到泥里，我用机械手抓住它，摇了摇，拔不动，便呼叫母船放下一根铁链，设法拴住，上边再用绞车绞上来。750 的老师们很高兴，打捞任务的成功等于让我交上了一份合格的实训答卷……"

与此同时，7000 米载人潜水器在中船重工 702 研究所、中科院沈阳自动化所、声学研究所等部门的通力合作下，已经圆满完成了总装、联调，进入了 50 米水池试验阶段。两位潜航学员从昆明回到无锡，立即投入了紧张有序的水中调试训练中去。

由于一切都是第一次，从零开始，没有一套规范的操控程序，在一次次训练、碰撞和摸索中，并随着潜水器各项性能达到了设计要求，他们也逐渐形成了自己的下潜、作业、上浮方法。

中国第一台深海载人潜水器——此时因没有正式起名字，还不叫"蛟龙"号呢——与即将驾驭它的试航员叶聪，潜航员傅文韬、唐嘉陵，沐浴着新时期"863 计划"的春风阳光，同步前进，茁壮成长起来。远方的大海在向他们召唤了……

5. 老兵新传："向阳红 09"船的使命

2007 年 11 月 28 日，上海立丰造船厂一派节日气氛。

"'向阳红 09'深潜试验母船增改装工程完工交接庆典仪式"正在这里举行。在一片热烈的掌声中，立丰造船厂的总经理将一把扎着红花的钥匙模型交到了"向阳红 09"船长窦永林手中。这象征着我国载人深潜器试验母船正式入列了……

母船，顾名思义，就是潜器或者飞机在海上工作和维护的平台。因为深海潜器体积小，航程短，没有艇员生活设施，所以，它不像柴电抑或核动力潜艇似的，可以完全自主运行，而是必须依靠母船运载和补充能量。每次进行海上作业时，要由专用吊车将其布放入海，完成任务之后，再回收到母船甲板上。

这就如同航空母舰，载负着作战飞机前往远方预定海域执行任务，飞机需要回到甲板上加油休整。实际上，工作母船就是潜水器驰骋深海大洋的家和母亲。当我们的 7000 米载人深潜器立项之初，从科技部的"863 计划"自动化水下机器人领域的研究组，到国家海洋局、大洋协会的重大专项总体组，就已经通盘考虑如何同步进行潜器母船的建设了。

按照国外成熟经验，深海潜水器要有专用的工作母船，比如美国的"阿尔文"号深潜器有"亚特兰蒂斯"号，俄罗斯的"和平一号"有"费奥多罗夫院士"号，等等。为此，专家们进行了详细的考察论证：我国如果新建一艘专用母船的话，需要三到五年时间，工期长，成本高，显然无法适应"863 计划"重大专项的研发节奏；最切实可行的办法是，从现有的科学考察船中，寻找一艘符合条件的船舶进行改装，使其能够尽快达到承载潜水器海试的能力。

思路一旦形成，立即行动起来。负责全面协调综合考虑的总体组，组织 701 所、702 所等单位的有关专家在全国调查了解，最后选定了国家海洋局北海分局所属的"向阳红 09"船。2006 年 6 月 20 日，国家海洋局批准了"向阳红 09"船作为载人潜水器海试用船。经过一系列考察准备后，于 12 月 24 日开进中海工业集团上海立丰造船厂进行增改装改造。

由此，这艘行驶已经近三十年的功勋老船，开始了又一轮辉煌的新生。

"向阳红 09"船是我国自行设计、自行建造的第一艘 4500

吨级海洋综合调查船，属国家第四个五年计划小批试制项目，由国家海洋局委托中船708所设计，沪东造船厂建造的首制产品。1978年12月下水服役，隶属北海分局。船上设有国内首制的万米测深仪，以及当时国内最先进和最完备的气象设备、通讯导航设备、海洋科学调查设备，可在各海域从事海洋水文物理、海洋气象、海洋地质、生物等科学研究工作，为国防、经济建设提供海洋科学资料。满载排水量4435吨，航速18.20节，自持力60天，定员150人。

这在当时是一艘非常先进的科考船。1978年底，中国社会正处在发生重大变革的前期，联合国气象组织在全球进行第一次大气试验。我国决定派出调查船参加这一国际科学试验活动，"向阳红09"船生逢其时，甫一诞生就被赋予了不寻常的重任。紧接着，"向阳红09"船又奉命与美国"海洋学家"号海洋考察船携手合作，执行了"中美长江口联合调查计划"，历时47天，为国际和国内的海洋沉积动力学研究做出了贡献。

当然，大海行船，不会永远一帆风顺。1981年12月一个普通冬日，"向阳红09"船遭遇了下水以来最大的一次劫难。此时它正在渤海进行黄渤海断面调查，主机舱值班人员发现回油管破裂，值班员采取了补救措施，准备到达站点主机停车后再抢修。然而，航行振动使回油管裂缝变大，燃油突然冒出，喷到了高达380多摄氏度的管路上，霎时间引发大火。全船断电，火光闪闪。危难之际，海军舰船赶到事发海域，奋力抢救出全部船员，并扑灭了火灾。

劫后余生，痛定思痛。有关方面对"向阳红09"船充满感情，看到其主要设备尚好，决定全面大修，使其再振雄风。经过一年的恢复性修理，这艘承载着新时期使命的科考船，如同凤凰涅槃一样再度崛起，先后又执行了"中美东海联合调查""中日合作黑潮调查""中法长江口沉积调查"等重大任务，并且成功地出访韩国、朝鲜、美国、俄罗斯等国家，被大家亲切地简称为"向九"船。它与"向阳红系列"的"05""10"船并称为中国三大功勋海洋调查船。

时至2006年，我们的老"向九"已是一艘近30年船龄的老船了，按现任船长陈存本的话说："要是按人的寿命计算，这船至少已有200岁了。"是的，它经历了太多的风风雨雨，本应归田解甲、光荣退休了。可时代再次选中它披挂上阵，它被定为改装成我国载人深潜试验的母船。就像一个老兵，新的战场需要它抖擞精神、重整旗鼓，再谱写一部传奇而辉煌的新传。不过，廉颇老矣，尚能饭否？

一艘老船的增改装工程如同脱胎换骨的大手术。

时任"向阳红09"船的船长窦永林，从当水手起就与"向九"同舟共济、患难与共了。几十年来，他除了休息在家之外，几乎所有的时间都献给了这艘默默无言的伙伴。由青涩的小伙子，到沉稳的中年人，由普通的船员到威严的船长，他像熟悉自己的手掌纹路一样熟悉船上的每一条管线、每一个零件……

2014年5月的一天，我在北海分局刘心成副局长和宣传中心柳凤鸣主任安排下，前往停泊在青岛团岛码头的"向阳红09"船，采访窦永林。这时他已经不当船长了，被调升为中国海监第一支队副支队长，这一天他专门与现任船长陈存本一起在船上迎接等候我的到来。言谈话语间，我听出了他对"向九"船那种深深的感情。闯海30年，窦永林一年有一多半时间和船相伴，陪伴家人的时间太少，这让他有很多遗憾。

为了尽善尽美地完成增改装任务，使这艘老船获得新生，那一年，窦永林干脆带领几名船员住在上海立丰船厂，犹如监理工程师一样。340多个日日夜夜。作为一船之长的窦永林既要检查船舶安全落实情况，又要把握施工进度和质量，每天晚上拖着疲惫的身体回到宿舍时，坐着就能睡着。

这次增改装对"向阳红09"船来说等于回炉再铸。按照北海分局和701所项目组的研究论证制定的《"向阳红09"船作为深潜试验母船船舶部分改装方案》，施工单位大刀阔斧，开膛破肚，把主、辅机全部掏空，拆除陈旧设备，拆解船艉部和部分舱室。时任中国大洋协会办公室主任的张利民和时任北海分局副局长的滕征光来到改装现场检查，看到的是一片杂乱。

张利民不放心地问道："老滕，简直是大卸八块了，你看改装后的情况会怎么样？"

滕征光曾担任过"向阳红09"船长，历经风吹浪打的考验，了解这名"老兵"的筋骨，稍微斟酌了一下，掷地有声地说："不会有问题。老'向九'经得起折腾。"

立丰船厂更是全厂总动员，精益求精。为了及时到位地完成任务，甚至把30年前参加过建造此船、而今早已退休的几位老师傅请来当顾问，一丝不苟地投入改装中去。除了大修机器设备，增装了潜水器布放回收系统、安装了四项辅助设施及超短基线，同时改善了海试母船的生活设施，更新了电站和发电机组，重新布局了实验室，构建了船舶现代化计算机网络系统，提高了通信导航能力。

经过11个月的艰苦奋战，"向阳红09"船焕然一新。在具备了7000米载人潜水器收放和支持能力的同时，船舶的技术性能、海上作业能力、动力装置、安全设施、船容船貌和生活条件都得到了综合提升，达到了增改装和恢复性修理的预期目的。

一些老船员抚摸着崭新的机件说："要不是深潜试验，这条船再有一两年可能就报废了，是7000米载人潜水器给了'向九'新生。"

然而，它能不能胜任新的任务呢？还需要通过闯一闯深海大洋中的风浪来验证……

第二章

从 50 米到 1109 米

1. 深海大洋的呼唤

到 2009 年，7000 米载人潜水器的研制，已经陆续完成了国家立项、方案设计、加工合成、总装联调、水池试验等等程序步骤，完全达到了登船远航的海试状态。

一个具有历史意义的日子终于降临了……

2009 年 8 月 6 日上午，江苏省江阴市的苏南国际码头，彩旗招展、鼓乐喧天，一片隆重热烈的景象。主席台背景布上以大海和蓝天为衬底，"1000 米载人潜水器海试起航仪式"的大幅字样光彩夺目。人们怀着激动兴奋的心情，簇拥在那艘印着"向阳红 09"、节日一般悬挂满旗的科学考察船前。

此时此刻，由国家海洋局和中国大洋协会主办的 7000 米载人潜水器第一次海试——1000 米海上试验的起航仪式，正在这里举行。破天荒、开先河的第一次，既让人对它充满了期待与祝福，又让人不可避免地怀着一丝忐忑和担心。

1．初次命名"和谐"号

实际上，这是一次迟到的海试。

两年前——2007 年 8 月底，7000 米载人潜水器经过 5 年的技术攻关，完成了陆上总装调试，准备实施水池试验。9 月 1 日上午，它被滑轨拖出总装车间大门。这是一位精心"打扮"的新娘，第一次走出闺阁见世面——因某些技术方面的要求，头部还带着蓝色的头罩，如同新娘蒙着的"盖头"，带着娇羞与忐忑，吸引了众人欣喜而兴奋的目光。

吊装工人开来了大平板货车，小心翼翼地将潜水器吊装上车，在三辆警车的护送下，缓缓运往数公里之外的水池实验场。同时，时任中国大洋协会办公室主任的张利民、副主任总体组长刘峰在 702 所召开了情况汇报会。总设计师徐芑南、副所长兼副总设计师崔维成、水下实验室党总支书记侯德永和北海分局潜航员管理办公室主任吉国等人出席会议……

十月怀胎，一朝分娩。在座的科技人员、行政领导回顾以往的历程，都非常兴奋，展望未来的宏图，充满信心和向往。最后，有人提出："咱们的孩子出世了，总不能老叫"7000 米潜水器"吧，那只是个项目代号。应该起个名字，朗朗上口，又有意义。"

"说得对！名正才能言顺嘛！"大家的目光集中在张利民主

任、刘峰组长和徐芑南总师身上。

"潜水器是该有个名了，不妨就议一议。"

片刻安静后，会场上活跃起来，人们经过思索七嘴八舌地讨论起来："我国登月工程命名'嫦娥'，与其相对应，潜海工程可以叫'精卫'嘛！嫦娥奔月，精卫填海，都是中国古代著名的神话传说，一个上天，一个入海。"

"哎，我看叫精卫不太好，那是说恨海淹死了人，要填海。咱们的潜水器是探海、爱海、用海，两回事嘛！"

"是啊，我国极地考察船叫'雪龙'，大洋船上的无人潜器叫'海龙'，都挺有气魄的。要不咱就叫'潜龙'？都是龙字辈，也有传统文化的色彩。"

主持会议的张主任说："潜龙不错，但只是初步讨论，还需要上级把关审批。不过潜水器已经出世了，总得有个名称，我看就先取个小名叫'潜龙一号'吧。如果各方都认可，以后再正式报批命名。"

后来报到上级主管部门，经过研究讨论。有关领导认为目前正在提倡建设和谐社会，既然是和平开发利用海洋，不如直抒胸臆，就叫"和谐"号吧。由此，在正式进行第一次海试时，潜水器的身躯上赫然印着"和谐"两个大字。

2007 年 9 月 20 日，中国大洋协会 7000 米载人潜水器总体组第十六次会议召开了。大洋办主任张利民，总体组组长刘峰，总体组成员徐芑南、崔维成、吴崇建、张艾群、朱维庆等人，以及各子课题组、项目监理人员悉数参加。

会议听取了载人潜水器本体、水面支持系统、潜器命名和重大专项宣传方案等情况的汇报；明确了有关技术问题——比如纵倾调节、可调压载、测深侧扫声呐、传感器连接等问题的解决方案和时限；对项目监理提出了具体要求。最后决定由702所牵头负责提出海试技术方案和综合试航大纲；由北海分局负责海试母船的相关准备工作，并确定了上述工作的时间节点。

2008年3月2日，国家海洋局在无锡组织召开了"7000米载人潜水器总体与集成子课题"出所检测确认会议。确定了潜水器本体达到了海试大纲规定的技术状态及具备出海试验的技术的条件，并计划在2008年春夏之际进行海试。

万事俱备，只欠东风。这个东风就是决心和经费。

此项目是科技部高新技术司管理的"863计划"重大专项，研发经费1.8个亿已经用来完成了制造、总装联调，但不包括海上试验经费。而海洋局已经专为海试拿出1亿元增改装"向阳红09"母船，无力再承担。海试经费到底该从哪里出？需要协商一个渠道。再说，毕竟是第一次大海载人深潜，试验有失败的可能，人命关天，风险太大，有关领导一时难以拍板。

然而，研发潜水器的科技人员、承担配合试验的北海分局期盼着早日进行海试，拿出成果，都在积极准备着。702所本体组一遍又一遍检测着潜器各个系统，三位潜航员不停地操练、熟悉驾驶程序。北海分局"向九"船的船员们检查保养船舶、加油充电、采买主副食品，紧张备航……

时间一天天过去，出海命令迟迟没有下达。正当大家疑惑之时，3月18日，根据国家海洋局局长办公会议精神，考虑目前实际情况，为稳步扎实推进7000米载人潜水器海上试验工作和解决海试经费问题，大洋协会办公室不得不决定暂缓执行海试任务！

犹如一列正在疾奔的汽车，突然踩了一脚刹车，相关各方既惋惜又无奈，只得做好善后工作。潜水器又被推进了车间，暂时封存定期保养；潜航员继续学习培训；最感到措手不及的是"向九"船的窦永林船长：他已经为"向九"加满了油料、为工作人员采办了近两个月的粮油和蔬菜肉蛋，这些东西短时间用不上，可就造成浪费了。

北海分局领导体谅他们的困难，发动各兄弟船舶来购买"向九"船上的存货，分忧解难。那几天里，"向九"船停靠的青岛团岛码头上，车来人往，买肉的、卸菜的、抽油的，简直成了一个小市场。

载人潜水器究竟行不行，最终必须经过海上试验，这是毋庸置疑的。

2008年9月28日，国家海洋局副局长、大洋协会理事长王飞，带领大洋办主任金建才、副主任兼潜水器总体组长刘峰，以及海洋局科技司、中船重工 702 所的代表一行六人驱车来到了海淀区复兴路乙 15 号。这里是中国科技部所在地。在会议室里拜访了预先联系好了的科技部副部长曹健林、科技部副部长杜占元、高新技术司冯纪春司长等人。一个小型的专题汇报会开始了。

首先由刘峰汇报了潜水器项目进展情况，以及海试遇到的困难。继而，王飞代表海洋局党组谈了有关意见，最后笑着说："二十四拜都拜了，就差这一哆嗦了。两位老兄再设法支持一下，咱这个大事就成了。"

科技部几位领导都非常关切这个重大专项，听完汇报连连点头："是啊，好不容易研发出来了，不试验还算不得成果。我们再研究一下，争取尽快落实。"

由于种种原因，双方对后续事宜还需商榷，当天没有形成会议纪要，但引起了有关领导的高度重视。后来，载人潜水器项目由科技部高新技术司转到了社会发展科技司管理。社发司负责海洋科技的工作，特别是那位副巡视员闫金，勇于担当，对于启动海试给予了积极的支持。

时光转入 2009 年，"和谐"号出海试验再次进入了程序。

4 月 24 日，时任国家海洋局局长的孙志辉，主持召开了载人潜水器 1000 米海上试验专题会议。他与新中国同龄，山东广饶人，1974 年毕业于山东海洋学院，分配到国家海洋局工作，实干苦干三十年，从一名普通干部成长为主要领导者。他深知载人潜水器对于我国海洋事业的重要性，一直挂在心上。与会的有副局长兼分管大洋工作的陈连增、王飞，以及办公室、科技司、大洋办的同志们。会议明确了2009年夏季进行载人潜水器1000米海上试验，具体工作由大洋协会办公室负责，财务司、科技司、北海分局、中国海监总队等单位全力配合。

6月9日，科技部社会发展科技司正式发函启动载人潜水器1000米海上试验，并拨付一定海试经费。出航准备工作立即全面展开了。

6月24日上午，国家海洋局在北京举行了载人潜水器1000米海上试验领导小组成立暨海上试验启动仪式。会议传达了科技部《关于启动载人潜水器1000米海试工作的函》，孙志辉局长和科技部社会发展司杨哲副司长作了动员讲话。为了加强组织领导、有条不紊地完成海试任务，会议做出如下决定。

（1）成立海试领导小组。国家海洋局党组成员、副局长、中国大洋协会理事长王飞任海试领导小组组长，中国大洋协会办公室主任金建才、中船重工集团总工程师方书甲为副组长，中科院高技术局局长田静、交通部海事局副局长曹德胜、国家海洋局办公室主任李海清、科技司副司长丘志高、中国海监总队副政委米国中、北海分局副局长刘心成、南海分局于斌、大洋办副主任兼海试领导小组办公室主任刘峰等为成员。

（2）成立海试技术咨询专家组，特聘海洋地质科学家于杭教授为组长，清华大学教授贾培发、海洋局第二研究所研究员吕文正、广州海洋地质调查局总工程师杨胜雄、上海交通大学教授任平、海军某部参谋张贵海、浙江大学教授徐文等 6 名专家为成员。专家组对重大技术问题提供决策咨询。

（3）成立现场指挥部，由中国大洋协会办公室副主任、载人潜水器项目总体组组长刘峰任海试现场总指挥，中船重工 702 所潜水器本体总设计师徐芑南、701 所副所长兼水面支持系统总设计师吴崇建、"向阳红 09"船长窦永林为副总指挥，702 所副所长兼潜水器本体第一副总师崔维成、中科院沈阳自动化所研究员张艾群、中科院声学所研究员朱维庆、气象与海情预报负责人李志强等为成员。

（4）确定了"精心组织，安全第一，层层把关，责任到人"的海试原则。

（5）明确了各参试单位的具体任务和主要时间节点。"向阳红 09"试验母船定于 2009 年 7 月 27 日从青岛起航赴江阴苏南码头，接载"和谐"号载人潜水器和参试人员。

会后，国家海洋局正式下发《关于执行载人潜水器 1000 米海上试验任务的通知》，大洋协会办公室同时印制传达了《载人潜水器 1000 米海上试验协调会会议纪要》。犹如一场大战前的军事部署，参与者们运筹帷幄，调兵遣将，我国第一台载人潜水器的海试正式启动了……

2．不穿军装的"司令员"

此时，海试期间的另一位重要人物走上了前沿阵地。他就是国家海洋局北海分局副局长、海试领导小组成员刘心成。

就在上次会议会间休息时，王飞副局长特意找到参会的刘心成，紧紧握住他的手说："心成，党组研究了，决定成立海试临时党委，由你担任党委书记。随后将下达正式文件，你要立即进入海试工作状态啊！"

"是！感谢海洋局党组的信任，我一定努力工作，与总指挥一起带好海试团队，圆满完成任务，绝不辜负上级领导和同志们的期望！"刘心成胸脯一挺，就像当年在部队接受军事任务一样，充满了激情与责任感。

刘心成转入北海分局工作还不到两年，但却是一位"老海洋"了。他从当舰艇轮机兵开始，摸爬滚打几十年，历任班长、机电长、科长、海军快艇某支队司令部机电业务长、装备部长等职，参与执行了海军舰艇编队首次环球航行等多次重大任务，并且通过了海军工程大学和国防大学培训，获得了研究生学历、正师级大校军衔。

海风大浪的拍打与考验，使他具备了坚毅沉着、敢打必胜，泰山崩于前而不形于色的大将风度。进入 21 世纪，由于工作出色，刘心成升任海军青岛保障基地司令员，来到风景如画的岛城，他更是把全部精力放在部队建设上。一次下基层调研，他听到一位士官谈体会说："我的想法是，只要人人做到'我的工作无差错，我的岗位请放心'，我们的装备就永远保持在最佳状态。"

"说得好！"刘心成眼睛一亮，朴实的话语传递着强烈的责任心："你再详细谈谈，你们是怎样做的？"

随后，舰队推广了刘心成从基层所学习到的装备管理经验，极大提升了部队舰艇装备管理水平。后来，载人潜水器海试伊始，他就在海试团队中大力提倡这一先进理念，并制作成标语张贴在母船上。"我的工作无差错，我的岗位请放心"，成为每一位参试人员的座右铭，这为海试成功奠定了坚实的基础。

时光荏苒，不知不觉，刘心成已经过了知天命之年，即将达到本级别服役的最高年限。按规定，他可以退休回北京干休所颐养天年了。然而，39年的海军生涯使他深深爱上了祖国的海洋，他不想这么早就休闲养老，主动提出转业到地方继续工作。一些朋友听说了，纷纷劝慰："老刘啊，干了一辈子了，歇歇吧。干脆趁这个机会回北京，过了这个村可没这个店了。"

"谢谢老兄关心，我要是闲下来，可能真会闲出毛病来……"

北海舰队和海军领导深知刘心成的性格，也为他不愿吃闲饭还想干事业的精神所感动，专门派人去有关部门联系推荐，根据他的从军资历、业务水平和职务军衔，确定他转业至国家海洋局北海分局任副局长（正司级），兼任中国海监北海总队总队长，继续效力于国家的海洋事业。

当他办完手续准备去报到时，部队首长特意设宴为这位老兵送别。从军近四十个春秋，即将脱下军装了，刘心成感慨万千，知心的酒啊千杯不醉，来者不拒一饮而尽。一位中将举杯站起来，动情地说道："心成，我来敬你一杯！你是我们部队的优秀干部，相信到了地方也会相当出色。我给你总结三句话：'你是离开了海军，但没离开海洋；离开了北海舰队，但没离开北海；离开了青岛基地，但没离开青岛。'无论什么时候，海军永远是你的家。干了！"

刘心成立即举杯站立，眼眶热了："感谢首长鼓励！心成不管走到哪里，永远都是一个兵！我一定不辜负海军这么多年的培养教诲，坚决不吃老本，争取再立新功！"

2007年9月21日，刘心成来到北京，走进国家海洋局办公大楼报到。时任局长的孙志辉专门接见了他并与他谈话，称赞他是部队培养的海洋专家，勉励他到北海分局后尽快熟悉情况，积极工作。几天后，刘心成来到青岛北海分局机关所在地，王志远局长和分局全体领导热情接待，分工负责海监维权、大洋调查等工作。不久，就赶上了深海载人潜水器即将海试。

机缘巧合，也是历史的选择，这一大事使刘心成大有用武之地，而潜水器海试更是迎来了一位"帅才"，如虎添翼。一天，刘心成带领装备处同志到北京汇报母船准备情况，见到了国家海洋局王飞副局长，攀谈起来。王飞说："心成局长，这次海试有那么多不同单位参加，没有一个核心不行。我们考虑成立一个临时党委，你看呢？

"我觉得应该。这是我们的优良传统，党委有凝聚力，向心力。"

"对，刘峰总指挥技术方面的工作很多，也很专业。我想你在部队上当过司令员，带队伍是强项，你来当这个书记吧！"

刘心成没有思想准备，停顿了一下，继而表态说："王局长，让我干就一定要干好。不过我刚来，局党组能同意吗？"

"那不是你的事了，我要的就是你这个态度。"王飞满意地笑了。

过了几天，王飞副局长向国家海洋局长、党组书记孙志辉汇报临时党委的事情，刚说到北海分局有一个人很合适担任海试的书记。孙局长就接上说："我知道你说得是谁，刘心成，对吧！"

王飞一愣，忙问："对啊，你怎么知道？"

"这个同志转业到海洋局，海军首长专门做了介绍，我也与他谈了话，印象很好，是个能带兵、打硬仗的干部。"

真是英雄所见略同。经过局党组研究讨论，此事就这样确定下来。7月28日，国家海洋局党组正式下发《关于同意成立载人潜水器海上试验任务临时党委的批复》文件，批准成立了载人潜水器 1000 米海上试验临时党委，刘心成、刘峰、崔维成、吴崇建、窦永林等 5 名同志组成，刘心成为临时党委书记，刘峰为副书记。

文件明确指出："载人潜水器 1000 米海上试验工作，实行临时党委领导下的现场总指挥负责制。临时党委的主要职责是领导、监督、协调，为海上试验任务的实施提供思想和组织保证，全力支持现场总指挥工作，保证海上试验任务的顺利开展。"

这是国家海洋局在实施国家重大项目科研试验任务中，体现和加强党的领导的重大决策，以及组织方式的新探索。在全国"863 计划"科研工作中，也是一种党建工作的新模式。实践证明：它起到了至关重要的中流砥柱作用。

文件下达，刘心成却睡不着觉了：海洋局党组第一次明确赋予他这一艰巨而光荣的任务，深感责任重大；7000 米载人潜水器研制了这么些年，凝聚着多少人的心血，虽然还没有公开宣传，但国内有关部门和国际深潜界都高度关注；既然是试验，就有不确定性，有可能成功，也有可能失败；更令人牵肠挂肚的是，一条母船 90 多名队员，来自全国十几家不同的单位，互不隶属，如何既保证安全，又能拧成一股绳，尽善尽美完成任务呢？

从军 39 年的历程，海上迎风斗浪的磨砺，使刘心成很快进入了临战状态，他认真谋划，精心组织，与刘峰总指挥一起，准备带领整个海试团队，充满豪情地去开始新的征战。此后整个海试期间，刘心成用"没有单位，只有岗位"的理念把大家紧紧凝聚在一起。海试队员都亲切地称呼他为"司令"，这可不是名义上的尊称，而是发自肺腑的心声。因为刘心成不仅当过真正的司令员，并且确实带出了一群能征善战的探海科技勇士。

3．长长的救生绳

在刚刚接受这一庄严使命时，还有一位同样睡不着觉的海试队员，他就是从立项到研发陪伴潜水器成长的总体组组长、大洋办副主任刘峰！

国家海洋局党组任命他为海试现场总指挥！这是水到渠成、非他莫属的事情，也体现了上级领导对他工作的肯定和信任。海洋科技人奋斗了多少年，奔走呼号，克服了一个又一个艰难险阻，终于将载人潜水器打造成型、走向海洋了，他也是异常兴奋和激动！可愿望成为现实之后，刘峰冷静下来，心中还是充满了不安与矛盾。

"如此神圣而艰巨的任务，我能挑起这个重担吗？按说组织研发就行了，值得自己去指挥海试、承担那不确定的巨大风险吗？万一失败，有可能就是机毁人亡啊，自己不但会丢掉副司级的官帽子，说不定还会有牢狱之灾！怎样向父老、妻儿交代？更重要的是海洋界多年的努力也将毁于一旦！我岂不成了历史的罪人？！"

英雄也是寻常人。这是真实的心理活动，于公于私都是非常真诚的。其实，从国家有关部门到具体实施人员，都有一个可能失败的顾虑：载人深潜与无人潜水器不同，三名试航科研人员下潜到深深的海底，如果发生事故浮不上来，那将葬送三条有血有肉的生命啊！人们最担心的就是这件事！

"必须确保有补救措施，无论遇到什么情况，潜水器都能安全上浮。否则不能下潜！"这是海试领导小组给现场指挥部下达的死命令。

尽管最初在设计方案时，已经设想了种种脱险措施 --- 比如抛弃压载铁后，还可以依次抛弃机械手、电池箱、取样篮等等，减轻重量安全上浮，但是万一发生陷进泥潭之事或全抛完了而潜水器还是升不上来的状况，怎么办？经过种种研讨，指挥部决定请国外载人潜水器前来提供保障，一旦遇到特殊情况，可以下潜去帮助我们的试验潜器上浮。刘峰立即与相关国家联系，首先给美国伍兹霍尔海洋研究院打电话，说明意图。不料，人家一听，回复道："那个时间不行，我们的'阿尔文'正在东太平洋考察呢！没有档期。能不能等一等？"

可是我们不能等，在南海海试，6、7月份是最好的季节。可因为准备工作未完，现已拖到8月出航，再晚台风就更猖狂了。刘峰放下电话，又抓紧与俄罗斯"和平1号"和日本"深海6500"潜水器的有关机构联系。他们的潜水器倒是有时间，但报的价格太高，甚至超过了海试的经费。"这哪行啊，把钱都给他们，咱还怎么海试？算了！"

几乎所有的路都堵死了，刘峰、刘心成、徐芑南、于杭、崔维成、吴崇建等人绞尽脑汁，苦思冥想。苍天不负有心人，咱们中国人有智慧，专家想出一个解决办法：在潜水器顶部安装一盘救生绳缆，上设一个浮标，如果发生了全部抛载还上不来的事故，可由潜航员一按电钮，释放应急浮标到海面，母船就可以采取措施拉上来。

方案通过，立即着手准备。首先要准备的是合格的救生绳——长度9000米、直径5毫米、具备30吨拉力的纤维绳，并且要耐海水腐蚀、耐水下高压，强度大、重量轻。一句话：又细又长还要有韧劲有力量，便于在有限的空间里存贮施放，关键时能够提起22吨的载人潜水器。它是载人潜水器最后的救命绳。这么高的要求，在这么短的时间里，哪家工厂能够提供呢？

正在指挥部紧急向全国有关部门求援但却"踏破铁鞋无觅处"时，北海分局的潜航员办公室主任吉国想到了一家工厂——青岛海丽雅集团。这是一家始建于1922年的专业织带、特种绳缆、安防自救产品生产厂家。改革开放以来，该厂家由传统微利绳带，向更高、更深、更精的功能性特种绳缆延伸，研发生产了军事特种绳缆、工业安全绳缆、海洋特种绳缆等高附加值产品。海丽雅集团先后获得"国家高新技术企业"、"中国专利申请50强"等荣誉称号，是中国六大制绳企业之一。

多年来，国内某些工程需用特殊绳缆，都是到国外去购买。由于传统观念的影响，他们不敢用国产的绳缆，担心质量不过关。其中发生过这样的笑话，千方百计从欧美进口来的专用绳索，竟贴着"中国海丽雅"的商标。有一年，青岛海丽雅集团搞了一次展销会，集中展示了自己研发的特种产品，有些畅销中东、东南亚等地区。时任北海分局大洋技术保障中心的吉国主任，前去参观，大开眼界："想不到咱们青岛还有这样好的制绳企业，我得去看看。"

不久，他专程考察了海丽雅集团，参观了产品展室、车间生产线、技术研发中心，要求先给"大洋一号"科学考察船研制一根勘探绳，耐海水腐蚀，具有高强度拉力。等到产品加工出来后，吉国拿来一根进口缆，一同做拉力试验，结果完全一样，且成本更低。吉主任十分高兴，当即定购了一批。此时，7000米载人潜水器需要特种绳缆，已是潜航员办公室主任的吉国，自然推荐了青岛海丽雅。

事实上，此前海丽雅集团已经为潜水器做过贡献了，水声通讯系统、长基线定位装置的绳索，还有水面支持系统的布施回收绳缆，都是他们研发提供的。如今这条特殊的救生绳，标准更严，要求更高，吉国主任说："这是潜水器最后的保障，希望永远用不上，但必须有。怎么样，你们能做吗？"

精明强干的女老总张旭明认真倾听了订货要求，当即毫不犹豫地表态："这是国家的需要，我们一定千方百计保质保量做好它！吉主任，你说什么时候要吧？"

"三到五天，越快越好，海试急需。"

"好，你三天后来取产品。我们就是不吃不喝不睡觉，也给你做出来。"

张总马上找来企业总工程师黄涛，布置任务，要求他带领技术人员连夜攻关。黄涛毕业于青岛大学纺织学院，作风朴实，技术过硬，深受张总器重，是海丽雅技术研发总负责人。经过研究，他们使用进口纤维自己加工，关键是水下打结连接到仪器上，会损失一倍的强力，绳缆"吃"不上劲儿。海丽雅人专利发明的环眼插接方式，从根本上解决了连接问题，强力一点不受影响……

随着机声隆隆，9000米专用绳缆很快生产出来了，怎样把它安装在潜水器上，又成了一个难关：既不占用过大空间，又能很快释放出来，且不能缠绕在一起。黄涛带着技术员、工人们蹲在机器旁，一遍一遍地研究排列方法。天黑了，挑灯夜战。张旭明开完了全厂会议，也穿着工作服来到车间，跟他们一起研究。

开始，他们设想在救生缆盒内安一个圆轴，把绳子绕上去，旋转释放，试验发现不行，容易被卡住转不动；接着又考虑类似毛线团方式，但长度太长，发生打结就麻烦了。最后通过反复摸索，采用了分层方法，铺一层绳缆，加一层网隔，一排一排地紧紧盘了五层，上升时互不干扰。

交货时间到了，黄涛等厂家人员随同吉国主任前去安装调试。经过种种试验，应急浮标完全达到了预期目的，这为我们的国宝——载人潜水器加上了可靠的保障。后来，这根青岛海丽雅集团自主研发的应急浮标命名为"国家运载科学专用绳缆"，跟着我国载人潜水器深入到1000米、3000米，直至7000米的海底，书写了中国载人深潜的新篇章，因此被评为中国海洋工程科技二等奖。

在研发中国载人深潜器的历程里，各地有许多家与海丽雅集团一样的企事业单位，国家一声令下，他们全力以赴。这仅仅是一根特殊的绳缆吗？不，它是全国人民连着"蛟龙"号的一条生命脐带……

2. 南海第一潜："下不去"与"联不上"

中国南海，周边被中国大陆、中国台湾岛、菲律宾群岛及中南半岛所环绕，因位于中国大陆南边而得名，也称南中国海。这里是中国最深、最大、最纯净的海，面积356万平方公里，约等于我国渤海、黄海和东海总面积的3倍，仅次于南太平洋的珊瑚海和印度洋的阿拉伯海，是世界第三大陆缘海。

其中属于中国的管辖范围——九段线之内的海域有210万平方公里左右，平均水深1212米，最深处达5567米。南海有四个群岛，分别是东沙群岛、西沙群岛、中沙群岛、南沙群岛，分布在一望无际的深蓝色海面上。如果从空中俯瞰，宛如一朵朵睡莲盛开怒放，又如一串串珍珠晶莹璀璨……

中国第一台深海载人潜水器的海试场就选在这里。2009年8月初，试验母船"向阳红09"船载着海试团队和精心打造的"和谐"号，出长江，入东海，在绿华山锚地避让"莫拉克"台风，同时进行海试文件宣传贯彻、组织制度建设、机械设备检查、操作规程演练和队员抢险救生等各种准备工作，一路乘风破浪，驶到了南海三亚以南某海域。

按照预先确定的试验原则：由浅入深，逐步推进。载人潜水器海试划分为 1000 米、3000 米、5000 米和 7000 米级深度四个阶段，其中第一阶段又包括 50 米、300 米和 1000 米等三个小阶段。每一步都有详细的试验计划，阶段试验结束后召开专家会议，对试验结果进行评估，海试领导小组再根据专家意见集体研究决定下一阶段的任务。

经过严密的分析研究，他们把南海试验海域分为 A1、A2、B1、B2 等几个海区。50 米级海试主要在 A1 区，这里也就作为中国载人深潜器的摇篮，走进了辉煌的当代科技史。

8 月 15 日，一个特殊的日子——1945 年 8 月 15 日，正是日本宣布投降的时刻。现场指挥部决定在这一天，在三亚锚地南 25 海里处，实施水面布放试验，也是整个海试的第一潜。意义非同寻常。

试验目标：复核潜水器与母船布放回收系统之间的工作匹配和协调性，完善潜水器从甲板到水面布放和从水面回收至甲板操作规程，积累操作经验；水声通信机和定位声呐的调试；潜水器各系统和设备在海上的功能复核；潜航员初步得到海上操控潜水器的实践，锻炼各部门、岗位的协同配合能力，通过实践修订完善作业规程，提高现场指挥部指挥控制能力等。

天蒙蒙亮，水天线刚刚分开，"向九"船的后甲板上就忙碌起来。水面支持系统、担负解挂缆的"蛙人"小分队和各个保障岗位的海试队员们，按照各自的分工和平时的演练，各负其责，有条不紊地工作着。上午8点30分，两位年轻人——潜航员唐嘉陵、声学所的技术人员张东升先后进舱。

紧接着，载人潜水器第一副总设计师、702研究所副所长崔维成沿着小梯下到舱内。他兼任现场指挥部成员，负责潜水器本体组织领导，从一开始研制就明确表态："作为设计者，我们有信心先下潜。徐总师年纪大了，这就是我义不容辞的责任！"所以，他胸有成竹，一点儿也不紧张。早上船医傅晋领按惯例给他测量血压：80/120。十分正常！

8点55分，主驾驶唐嘉陵熟练地检查完各种设备，一切正常，向指挥部做了报告。随着一声"布放"的口令。机声隆隆，轨道车后移、A架前摆、主吊缆下放并与潜器对接、起吊、副钩接上、A架向后摆动。突然，A架摆到位了，潜水器吊离船体，却发现副钩无法脱开，反复操作几次仍不能脱钩。负责操作A形架的701所大个子工程师余建勋，脸上冒汗了，本来就白皙的面庞更显灰白。

潜水器舱内，三名试航人员被吊在空中，迟迟下不了海，满腹狐疑，尤其两位年轻人，面面相觑。还是崔所长沉着冷静，安慰说："你们不要紧张，紧张也没用，就把紧张留给外面的同志吧。我们该干什么就干什么。"小唐和小张脸色缓和了，相互讨论起潜器操作规程来。这时，现场指挥部命令："收回潜水器"A架把他们放到轨道车上带回甲板。技术人员迅速检查，发现是在起吊时主缆收得不到位，两只副钩只挂上一只，由于作用在一只副钩上的力过大，从而使受力的副钩不能解脱。

故障排除，潜水器再一次起吊并顺利入水，试航员开始进行水面检查。张东升启动声学系统调试，结果与水面联系不上。承担母船与潜水器无线电通信的甚高频（VHF）一片嘈杂声，根本听不清楚。急得主驾驶小唐和声学技术员小张抓耳挠腮，一筹莫展。事情报告给声学负责人朱敏研究员，朱敏同样忙得满头大汗，却始终解决不了问题，后来无线电信号干脆中断了。

按照海试规范，水面与水下通信建立不起来，潜水器是不能下潜的。总指挥刘峰不得不再次下令：回收潜水器。接连两次布放入海，水面调试都出现了一定问题，出师不利。但检验了组织指挥系统的通畅性、融合性，提高了各岗位操作的配合程度，保证了首次海试的安全，探索了实施海试的特点和规律，也算是一个收获。

当晚，指挥部深入分析，认为水声通信不畅是主要问题，必须立即解决，否则海试将无法进行下去。潜水器入海如果没有建立通讯联系，等于"盲人骑瞎马，夜半临深渊"，相当危险。潜水器声学组人员真是"压力山大"，特别是中科院声学所的研究员朱敏。他是7000米载人潜水器通讯系统总设计师朱维庆教授的学生，也是副总设计师，代表朱教授带领一批年龄多在30来岁的年轻人：张东升、杨波、徐立军、刘烨瑶等，冲上了调试水声通讯的第一线。

当然，他们不是单打独斗。"老总"朱维庆教授最初也来到了船上，只是因身体原因没有出海，坐镇三亚基地远程提供指导。而整个中科院声学所，更是他们的强大后盾，热线电话随时保持联系。潜器本体总设计师徐芑南，也与大家一起攻关。"向九"船大副李玉波曾当过无线电师，主动帮助查找问题。经过连夜的故障排查、紧急抢修，终于有了好的结果。

8月17日，"向阳红09"船奔赴A1海区50米等深线，"和谐"号将在这里进行50米深度第一次下潜。清晨，东方海面上刚露出一片鱼肚白，隔海相望的三亚城灯光，还像调皮的孩子眼睛一闪一闪的眨着，"向九"船装有潜水器的后甲板上已经热闹起来了。为了对相关设备进行维护检测，以及调整压载块的重量，需要拆除相对部位的轻外壳和浮力块。

一大早，702所的张桂宝、顾秋亮、张建平等人就穿好防滑鞋、戴上安全帽聚集到潜器身旁。在船侧灯的光照下，踏着摇晃的脚手架，登上披着露水的潜器，一丝不苟地精细操作。很快便在试验前拆除了轻外壳，安装好了压载铁，做好了下潜的准备工作。大家擦着脸上的汗水，望着东方涌出的一轮红日，露出了欣慰而愉悦的笑容。

试验开始了，"和谐"号顺利布放入水，主要内容为调节潜水器均衡。然而，就在"蛙人"顺利解开龙头缆和拖曳缆，水面检查正常，刘峰总指挥发出"下潜"指令后，意外发生了。压载水箱注水系统启动，直至注满，按说应该自由落体逐步下潜了。可是潜水器似乎很留恋和他一起成长起来的工程师们，仍然浮在水面上，就是不往下潜！

指挥部里一片茫然，不知发生了什么事情？刘峰手拿着话筒，一遍遍呼叫着："和谐！和谐！检查水箱！"

"注水正常，已经全部注满。"

"使用自身推力器。"

"是。"试航员一边应着，一边操作下潜装置。不料还是不行，潜水器好似与大家开玩笑似的，在水面上漂浮着，就是不潜下去。好家伙儿，潜水器成了不敢扎猛子的旱鸭子？

后甲板上，总设计师徐芑南一直站在那儿默默观察着，心里完全明白毛病出在哪儿了，自言自语地说："保守了，太保守了……"原来，"和谐"号采取的是配重和抛载的无动力下潜上浮，毕竟是第一次来到大海上试验，原则是"安全第一""下得去，上得来"，确保潜水器和试航员的安全。因而在配重压载铁时过于求稳，计算过轻了，以至于注满了水箱，潜水器还是轻于海水比重。下潜失败。

总结会上，徐芑南心情沉重地说："不应该犯这样的低级错误，丢人哪……"

"徐总言重了，你和方老师这么大年纪跟我们出海，这就很不容易了！"临时党委书记刘心成劝慰道。

总指挥刘峰接上说："是啊！徐总，试验嘛，就是这样不断总结经验教训，一步步前进的，下回就好了！"

2009 年，海洋局下达海试任务时，7000 米载人潜水器总设计师徐芑南已经 74 岁了，妻子方之芬也已 68 岁，按说不能再赴大海参加海试了。可为了能够亲眼看到自己多年的努力变为现实，徐芑南坚决要求上船："作为总设计师，如果不参加试验，那是不完整的，也是不能交工的！"

"你在现场那当然好了，可是你的身体……"

"没问题。不让我去倒可能牵肠挂肚、出事的。呵呵……"

海试领导小组破例批准，徐芑南夫妇成为此次海试中年龄最大的队员，而且是带着一大堆药品和氧气袋上船的。他们与年轻人一样开会学习、探讨技术细节、穿上救生衣参加逃生演练。在锚地躲避"莫拉克"台风之际，方之芬老师克服晕船和生活上的不便，一边照顾着徐总的身体，一边担负着试验日志和文件管理工作，还经常写文章投稿给《海试快报》，鼓舞大家的斗志。

此外，海试团队中还有三位年过60岁的老科学家，702研究所的研究员68岁许广清、62岁的张桂宝和61岁的华怡益。他们与徐总夫妇一样，老骥伏枥，志在千里，多年来为我国载人潜水器的研制辛勤劳作，面临海试又不顾年老体弱主动请战，把年轻人扶上马送一程。登船以来，严格要求自己，认真准备操作，赢得了大家的尊敬。

海试现场指挥部和临时党委格外关心这些老科学家：如此年高还亲临海试前线，既体现了他们有极强的事业心，又说明他们的经验和知识对于试验是多么重要。船上专门安排船医随时掌握老同志们的身体状况，服务员和炊事班则照顾好其生活。一有空，刘心成书记、刘峰总指挥、技术咨询组组长于教授、船长、政委等人便去看望，征求意见，使他们生活工作得愉快舒心。

海试团队就在这样的情感氛围和必胜信念的支撑下，不断迈步向前。

吃一堑，长一智。接受了失败的教训，总师组在徐芑南率领下，连夜修改配重方案，配重增加至140公斤，同时水声通讯系统也进行了改进，指挥部决定趁热打铁，再次海试。

第二天——8月18日，天气晴好。东南风3—4级，浪高0.6—1.4米，流速0.7节，气温29.1℃。海试团队在A1区继续进行50米载人潜水。潜器本体主任设计师之一叶聪担任主驾驶，唐嘉陵担任左试航员。而右试航员座位上则是于杭教授——这位著名的海洋科学家，担任此次海试的技术专家组组长，本不需要亲自下潜海试，可他有过多次在海外乘坐深潜器的体会和经验，特别是对祖国深潜事业的一颗赤子之心，使他毫不犹豫地身先士卒，以身作则，给年轻的潜航员巨大的信心和勇气……

"各部门准备！"随着刘总指挥的一声令下，又一次海试，也是第8次下潜开始了，内容还是以潜水器均衡调节为主。

10时35分进入部署，10时48分试航员进舱，潜水器布放入水。而后在水面注水10分钟，叶聪操作推力器下潜，在28.5米深时停下，进行各项调节试验。于教授和唐嘉陵在一旁协助，分别对避碰声呐、测深侧扫声呐等5种声呐进行了测试，工作状况良好。接下来，"和谐"号下潜到38米，稍作停留开始上浮，距海面10米时进行抛载试验，随后迅速返回，当它红色的脊背露出蓝色的海面时，"向九"船甲板上的人们一片欢呼。

虽然仅仅是下潜38米，与7000米设计目标相差甚远，但毕竟是海试团队通过努力，迈出的走向大海深处的第一步，也是中国载人深潜的第一步。

千里之行，始于足下。相比之后的一次次百米、千米的巨大成功，这个小小的38米在深度上微不足道，但意义却十分重大。这说明我们的自主设计、集成创新的潜水器可以安全下潜和上浮了！

3. 忽闻水下爆裂声

"'向九'、'向九'，我是'和谐'。水面检测一切正常，请求下潜！"

潜水器水声电话里传来试航员叶聪的声音。

"'向九'明白，同意下潜！"

试验母船——"向阳红09"船上的指挥部里，刘峰总指挥手拿话筒下达了开始试验的指令。

自从 A1 海区进行 50 米深度试验结束之后，海试团队在三亚凤凰港休整总结，大洋办、科技部"863 计划"海洋办和海试技术专家组研究会商，认为第一阶段海试达到了预期效果，取得了圆满成功，完全可以转入 300 米深度试验。海试领导小组副组长、大洋办主任金建才和科技部"863 计划"海洋领域办公室处长孙清专程赶到三亚，参加会议并代表国家海洋局、科技部社发司领导前来看望祝贺。同时，鼓舞和激励大家一鼓作气，再攀高峰。

8月28日下午6时，"向九"船起锚，载着海试团队和"和谐"号连夜奔赴B1海区，实施下潜300米深度的各项试验。不料，南海进入了台风多发季节，接连三次风暴潮严重影响了海况，使海试步履维艰。潜水器和声学吊阵的布放回收、母船机动操作都不太顺利，试航员体力消耗也很大，警戒编队船体摇摆达到20多度，生活工作困难重重……

沧海横流，方显英雄本色。临时党委发挥了战斗堡垒作用，刘心成书记、刘峰副书记和几位党委成员，分头深入到各个部门、岗位之间，谈心，交流，稳定军心，鼓舞士气。指挥部决定在9月13日实施第16次载人潜水器下潜作业，争取实现深度超过300米的目标。

这次下潜的主驾驶是702所的主任设计师叶聪，右舷试航员是经验丰富、沉着冷静的于教授，左舷试航员则是声学所年轻的工程师杨波。说起来，这位小杨年纪不大，身体也不错，可就是不适应海上的"晃悠"，一上船就晕得厉害，曾经躺在床上三天起不来，吃什么吐什么，每次下潜试验，他更是脸色煞白，被人扶着进出舱室。可是声学系统需要人下潜调试，他再难受，也总是毫不犹豫地爬起来钻进潜水器。

本次试验内容为冲击300米深度、液压系统调试、航行性能测试和自动驾驶功能调试等等。计划在水下停留 160 分钟，是海试以来时间最长的一次。经过近半个月的调整，全体参试人员精心准备，试航员们决心甩开膀子大干一场。

潜水器入水不到 3 分钟，水声电话连通了，接到总指挥同意下潜的命令后，压载水箱开始注水下潜，7 分钟后，到达 50 米水深，接着又到达 100 米深度。于教授看着仪表，提醒叶聪："接地检测升高到 0.7 了。""明白，时间紧迫。"叶聪向可调压舱注水，加快下潜速度，急切去亲近 300 米深度，以保证达到这次试验最主要、最关键的指标。等到 200 米深度时，接地检测值降低，潜在的报警消除了，几位试航员松了一口气儿。看到深度表指针指向了 326 米，主驾驶一个漂亮的点刹，胜利拿下一城！

叶聪后来说："接下来的试验可以用一个字来形容，爽！移水银、调纵倾、前进后退、左转右转，试完定深定向，第一次在 300 米深度驾驶潜器以每秒 1 米的高速'漂移'，要知道，咱们潜器最快就是 2.5 节啊！全部预订的内容提前完成了。这时候，于老师觉得可以上浮了，我意犹未尽，估计他也一样。杨波摘下耳麦，抬头看了看我们，可能他已经在享受这次下潜的过程了。我说：要不下去看一看海底吧！心里早已蠢蠢欲动了，其实潜台词是'去坐底'。得到水面允许后，我们打开所有灯光，三个人紧贴观察窗，'看到没有？''离底 4 米。''我看见了！'

白光一闪，一片银白色的沙滩展现在面前。没有想象的滚滚浓烟，看来底质比较硬，是一个坐底的好地方。潜水器在沙滩低速前行，整个过程被摄像机记录得很清楚。航速较慢，我轻轻一打下潜，潜器稳稳坐在了海底。当时真是兴奋，仿佛看多少眼都不够似的……"

对于后来叶聪他们深潜到 1000 米、5000 米甚而 7000 米海底来说，这一次 300 米的坐底简直就是小儿科了。可这毕竟是中国载人潜水器第一次安全成功潜到海底啊，其意义是非常重大而深远的。所以，试航员们才表现出如此得振奋和欢欣！

然而，祸福相依。就在他们沉浸在巨大的喜悦里返航时，一个危险的隐患正在一步步逼近潜水器和试航员。他们完成所有试验任务，按指挥部指令，抛载上浮。当升到距离海面不足 20 米时，一直密切观察窗外的于教授听到"咚"的一声响，像是一个爆竹炸响，又像是一瓶香槟酒碎裂，一股白烟从潜水器前边飘过……

"啊？怎么啦，什么爆炸了？"

三名试航员立时瞪圆了眼睛，面面相觑，不知下一刻会出现什么状况。如果真的在水下发生了爆炸事故，那将是灭顶之灾！

对于舱内的人来说，此刻一点也使不上劲儿，只能静候观察，听天由命。从这个角度来说，潜航员确实要有强大的心理素质。好在故障没有进一步扩大，潜水器还是继续平稳地上升、上升。

终于，他们被安全回收到母船甲板上，出舱时，尽管他们晕得不行，可毕竟是首次成功下潜300米，并且超额完成试验任务，他们强打着精神，与大家一起庆贺新的深潜纪录诞生了！

成绩不能掩盖问题。祝贺仪式结束了，于教授立即向指挥部汇报那一声爆炸似的异响、一股可疑的白烟。潜航部门负责人崔维成、胡震等人马上组织有关人员检测、排查。

当他们一层层打开主蓄电池箱时，发现保护罩爆裂，内部全是气体，单向阀已经开启，一只电池发生了爆炸！大家不由得倒抽一口凉气：幸亏是在完成任务上浮时出现的，如果是在深海里，后果不堪设想。究其原因，还是缺乏经费、侥幸心理作怪所致。

载人潜水器配电系统主蓄电池箱，可以说是整台机器的心脏，是唯一的动力供应站。它源源不断将电能输给各执行机构——推进器、海水泵、水下灯、液压泵及所带动的机械手，使其能够按照潜航员的指令做动作。由于受到潜水器体积和重量的约束，选用了能量大、抗压力强的银锌电池。但它的寿命短，一旦启动只有一年使用期限。2008年春天，潜水器准备出海试验，702所技术人员启动了银锌电池。不料，临出发前突然叫停，直到一年后才真正出航。按说，应该更换新的电池。可配电专家们经过测试检查，发现这组电池各项功能正常，而买新的银锌电池需要花费几百万元，实在舍不得，便设想用它顶过第一阶段海试。

在江阴码头登船时，702所考虑到中途有可能出现电池失效，已经派人与新乡公司签订了银锌电池供货合同，但制造安装还是需要一定时日。以老专家许广清为首的配供电组，小心翼翼地维护着，期待将这组旧电池的作用发挥到极致。然而，科学来不得半点侥幸，该发生的还是发生了。试航员听到的那一声震响，就是过期电池爆炸导致保护罩爆裂的声音。如不及时修复，将影响到下面的海试。

随着蓄电池告急，晴好的天气也跟着"告急"了！据随船的国家海洋环境预报中心的预报员李志强、苏博预报：第二天，9月14日，下午大风将至，海况会变得很差。现场指挥部分析后决定：明天上午抢在大风之前再进行一次下潜试验，而后开赴锚地避风。这样，就要求潜器准备部门连夜拆掉旧银锌电池组，更换上备用的铅酸电池组。这在陆地厂房里，也需要一两天的工作量，更不用说在晃动的船舶甲板上了。困难重重。

"没有什么可说的，执行命令！"部门长胡震有力地一挥手，带领全体同志忙碌开了。

在702研究所和7000米载人潜水器项目里，这个胡震功不可没。他是水下工程研究室主任、7000米载人潜器本体副总设计师、总装联调负责人、海试潜水器部门长。可以说，是潜水器准备与维护的大总管。人称"后甲板司令"。他知识全面，责任心强，有关潜水器的大事小情都装在心上，说出话来让人心服口服，颇有"司令"风范，大家爱称他"胡司令"。他有空就围着潜水器转，上上下下，里里外外。不管哪个部门工作，他都精心地关注着、参与着。

那是在 50 米 A1 海区，有一天潜水器要进行保养，两个技术人员钻进舱内工作，胡震在外面指挥。南海的天变幻莫测，一阵海风吹来，乌云滚滚，"啪"的一个炸雷，铜钱大的雨点砸了下来。关闭舱盖来不及了，眼看舱内设备要挨雨淋，胡震大喊一声：快拿篷布！飞身冲上舱顶，扑在舱口上挡住疾风骤雨，充当了一次人肉舱盖……

接到第二天早 8 点下潜通知时，夜幕已经降临了。胡震立即安排做好潜水器各项准备，最关键的是更换蓄电池。"向九"船"老轨"（轮机长）刘军带着水手调整好灯光，后甲板亮如白昼，有关人员各负其责。试验部主任马波操作折臂吊车，几位工人拆卸旧电池，叶聪负责压载核算，马岭负责采样篮设备的准备与安装，701 所人员协助。配电组许广清、程斐等人，加上两位潜航员傅文韬和唐嘉陵，准备新电池。一项项工作有条不紊地展开了。

在摇晃不定的船上起吊蓄电池箱，难度是相当大的。移位路径上遍布着各种设备，电缆绳索，遮挡着吊车操作者视线，稍有不慎就可能发生碰撞事故。只见马波主任站在高高的吊车操作台上，702所顾秋亮技师爬到脚手架顶端中转口令，张贵宝技师在甲板上观察，一个三位一体的指挥操作体系形成了。蓄电池箱下伸出四根绳索，胡震指挥十几个人拉着，一齐喊着号子共同使劲，电池箱被一点一点地吊起来，按照顾、张师傅的口令，马波精细操作，时高时低，时左时右，最后稳稳当当地落在升降小车上。

晚上11点多，电力组开始给新装的铅酸电池充电，抽气，充油，每一步工作都是那样得仔细、认真。组长许广清已经68岁了，也是超期服役的教授级专家。他早年毕业于哈军工，具有军人的作风，高个子，腰板挺得很直，干起工作来更是要求严格，实打实。他前年刚做了大手术，身体不是很好，这次儿女们都不同意他上船海试。可他坚决要求前来，而且谢绝照顾，主动与本组的年轻人一起住大舱，每天像普通技师一样忙忙碌碌……

为了不耽误第二天的海试，他们必须在天亮之前确保电池供电。许广清指挥全组上阵了。年轻的杨申申和程斐趴在电池箱前，不时测量反映析气量的电池箱皮囊高度。潜航员傅文韬、唐嘉陵一直跟在旁边帮忙——这是从组装潜器以来就形成的习惯，凡是与潜水器维修保养有关的事情，都会看到他俩的身影，就像是702所的两名成员了。这时，临时党委书记刘心成和专家组长于教授来到了后甲板，了解试验准备情况："怎么样，许老，今晚能弄完吗？"

"没问题，请司令放心，我们绝不会耽误海试的。"大家还是喜欢称刘心成为司令，因为他确有带兵打仗的魄力和风度。

"好，不过要注意劳逸结合，别太累了。餐厅准备好了夜宵，你们可以轮流休息一下，补充点能量。"

于教授则从技术角度提醒大家，一是要随时检测数据，二是要注意安全。两位负责人关切地看着大家忙碌，直到过了零点才回去。

蓦然，杨申申从测量表上发现析气量明显增加，而且速度很快。许广清过来一看，根据上船前铅酸电池的状态和以住的经验，决定暂停充电，先把两个蓄电池箱的油补满，抽掉析出来的氢气。两个小时后再充电，果然电池恢复了正常。这时人们都已困得不行了，几个年轻人刚才还靠着门框说话，转眼间就偏头睡着了。"小傅，小杨，快回去休息吧，这里有我呢！"许广清心疼地说。

"没事，只是打了个盹儿。"

"快走吧，我年纪大了，觉少，你们年轻人可不行，明天还有工作呢！"

直到早上5点多钟，充电、充油才全部完成，测试后一切正常。守在最后的许广清、程斐拖着疲惫的身躯，蹒跚走回舱室。一个不眠夜就这样过去了。在整个7000米载人潜水器海试期间，"向九"船上有多少这样的不眠夜啊！

再过三个小时，新的太阳将照耀在海面，"和谐"号新的一轮下潜试验即将开始，这些不知疲倦的人又会精神抖擞地出现在自己的岗位上……

4. 国庆 60 年：深海的献礼

2009 年的 10 月 1 日，是中华人民共和国成立 60 周年纪念日。2009 年 10 月 3 日，又是中华民族传统节日——八月十五中秋节。参加载人潜水器海试的队员们，怀着对祖国母亲的热爱，带着国庆、中秋双节的喜悦，一大早就迎着朝霞，披着晨露，奋战在南海 1000 米等深线附近的"C2"海区里，进行"和谐"号 1000 米水深第一次下潜试验。

大家的心情都很激动。根据国际惯例，1000 米海水以下叫深海，5000 米海水以下叫深渊。下潜超过 1000 米才是真正意义上的深潜。我们如果能够成功，就一跃成为国际深海俱乐部一员了。

浩瀚的南海，没有了昔日"凯萨那"强台风带来的狰狞，蔚蓝的海面微波荡漾，温柔得似一只小绵羊，热情地迎接这些耕涛牧海的人们。当天计划进行 8 项试验：无动力下潜上浮、1000 米深度潜水器姿态调整、航行功能验证、测深测扫声呐、6971 应急通信、布放纪念物、高速水声通信等。执行下潜任务的是突破 300 米的原班人马——于教授、叶聪和杨波。

早晨 7 时，现场指挥部发布"各就各位"指令，在后甲板上举行了简短的出征仪式。三位试航员穿着蓝色的专用连体服装，胸前印有鲜红的五星国旗图案，英姿飒爽地站成一排。

现场总指挥刘峰有力地一挥手，发出命令："载人潜水器 1000 米试验现在开始，试航员进舱！"

"是！"试航员们健步登上潜水器平台，依次入舱，在进舱的瞬间，每人都回首向欢送人们的招手，那是表达对完成任务的坚定决心和必胜信念。

远处波涛里，担负警戒任务的中国海监 72、76、77 船部署在"向九"船周围半径 5 海里范围内，各船雷达开机，警惕搜索着海面，护卫着"向九"母船和已经在水下的"和谐"号。

很快，一连串的喜讯通过水声通信系统不断传来："'向九向九'，'和谐'报告：潜深 200 米、500 米、600 米、800 米、900 米……"每次报告都引起母船上阵阵掌声。

9 时 17 分，主驾驶叶聪响亮的声音再次传来："我们到达 1109 米深度，身体状态良好，潜水器一切正常！"

"好啊！我们成功了！"母船上现场指挥部、潜器控制室、准备室、值勤甲板上，甚而包括驾驶台、实验室、厨房等各个部位都一片沸腾。欢呼声、鼓掌声，冲天而起，久久不息。此时，鬓发染霜的徐芑南总师走进现场指挥部，所有人员起立鼓掌，向这位 7000 米载人潜水器设计制造的领军人致敬！刘心成、刘峰等人情不自禁地迎上前去，与徐老紧紧拥抱在一起……

11 时 20 分，潜水器顺利回收到甲板，试航员们依次出舱，共同展示出一面五星红旗，随船记者饶爱杰、郭锐，还有许多摄影爱好者纷纷举起相机、手机"啪啪"地拍照。当他们走下平台时，海试队员们欢呼着涌向后甲板，夹道欢迎勇士们归来。大家激动地高呼"向试航员致敬！""祖国万岁！"

试航员叶聪向总指挥报告："我们完成预定试验计划，安全、顺利归来了！"

刘峰总指挥说："祝贺你们！感谢你们！现在我宣布：我国载人潜水器于 2009 年 10 月 3 日上午 9 时 17 分，在中国南海北纬 17 度 27 分，东经 110 度 25 分，成功下潜到 1109 米！"

鼓掌声、欢呼声再次响起来。随船参试的科技部海洋办女处长孙清，手捧花束走上前来向试航员献花。三位试航员每人开启了一瓶香槟酒，晃动着喷向人群，只见酒花四溅，欢声雷动，把欢乐的气氛推到高潮……

这是神州儿女向国庆 60 年献上的一份厚礼！这预示着中国从此打开了进军深海的大门，成为继美国、俄罗斯、日本和法国之后，世界上第五个拥有载人深潜能力的国家。我们可以骄傲地宣告：深海领域，中国人来了！

第三章
新深度：海底3000米

1. 再别母亲港

自从 2008 年 10 月胜利完成了载人潜水器 1000 米级海试之后，整个海试团队在科技部、海洋局的统一领导下，立即转入了总结、休整、准备新的试验阶段。2009 年 11 月 12 日，中国大洋协会办公室在河南洛阳召开了载人潜水器技术改进项目研讨会。针对 1000 米海试中暴露的问题，经过认真梳理，确定了对八大项目进行技术改进，这些项目包括潜水器液压源、VHF、视频、潜水器支架、螺旋桨保护支架、接地检测、控制和声学系统。

边试验、边改进、边应用，这是切实可行、行之有效的科研路径。各有关单位——中科院声学研究所、沈阳自动化所、中船重工 702 所、中船重工 701 所以及北海分局等等，立即行动起来，结合自己的任务，从机械设备硬件和操作规程软件上，都抓紧整改修订，杜绝再次发生同样的问题，同时不断优化各岗位的操作程序。

2010 年 3 月 5 日，国家海洋局、大洋办在北京召开了载人潜水器关键技术改进与 3000 米级海试研究项目启动及领导小组成立会议，正式吹响了"中国载人潜水器 3000 米级海试的号角"。实践证明：这一套中国式的海试组织机构卓有成效。

海试领导小组仍由海洋局副局长、中国大洋协会理事长王飞担任组长，罗季燕、金建才为副组长，科技部、财政部、海洋局、中船重工等有关单位领导为成员，其中包括亲身参加海试的刘峰和刘心成。现场指挥部仍由刘峰任总指挥，崔维成、窦永林、余建勋任副总指挥，张艾群、朱敏、苏博、叶聪任成员，于杭教授和陆会胜任总指挥顾问。

完全是去年的原班人马！只是"向阳红 09"船的政委由陈崇明接任。这也是一位当年"兵转工"的老海军战士，浙江宁波人，个高而瘦削，两只眼睛十分明亮，曾当过海监第一支队政治处主任，为人谦和，办事细心，一上船便与船长配合默契，并担负临时党委秘书工作。

在去年海试中发挥了重大作用的临时党委，如今更得到高度重视。启动会议期间，王飞理事长专门找到北海分局副局长刘心成，说："老兄，今年的海试还需要你继续出征，管好思想，带好队伍。去年的团队一个都不能少，换人我不放心。"

"好！既然组织上信任我，一定要干得更好！"说实话，刘心成已经有这个思想准备。去年海试临时党委准确把握工作定位，狠抓团队建设，打造不怕困难、敢于担当的胜利之师，为海试成功提供了坚强的思想和组织保障。他个人的工作能力和敬业精神也得到了充分认可。可以说，他把自己几十年积累的带兵管理和组织实施重大任务的经验，全部用在了1000米海试当中。

5月23日，在"向阳红09"船的会议室里召开了载人潜水器3000米级海试出航准备检查会议。专程从北京赶来的国家海洋局王飞副局长、大洋办金建才主任、中国海监总队吴平副总队长和科技部"863计划"海洋领导办孙清处长，以及北海分局、中船重工702所、中船重工701所、南海分局和国家海洋环境预报中心的有关人员出席了会议。

听取了各方面汇报后，王飞副局长发表了重要讲话："在科技部领导下的3000米海试，所有的参试单位和科学家都在期待着这一天的到来，期待着为我国大洋事业和深海事业的发展做出自己的贡献。越是在这种情况下，我们越是要冷静下来，对工作进行落实再落实。细节决定成败。我们既要总结遵行1109米海试的经验，又不能唯经验论，要把可能遇到的困难考虑得复杂一些，来完成这次光荣而艰巨的任务。千万不能有任何麻痹思想，要把过去的荣誉归零。有1000米成功的经验不一定有 3000 米成功的把握。3000 米是真正意义上的考虑，更加严峻的挑战在等待着我们……"

两天后，"向阳红 09"船满载着各方面的期望，从青岛团岛码头起航了。

5 月 31 日上午 9 时 40 分，国家海洋局、中国大洋协会在江阴苏南国际码头上，举行了简短、隆重的"载人潜水器 3000 米级海试起航仪式"。外交部、科技部、交通运输部、国家海洋局、中国科学院、中船重工集团等有关单位领导，702 所职工代表等数百人出席。全体参试人员统一着海试服装在"向九"船左舷站坡。有了 1000 米海试成功的底气，大家显得自信而从容。

此时，这台寄托着中华民族海洋强国梦的载人潜水器，正式改名了。因为原来的"和谐"号名字缺乏海洋特色，大洋协会动议征名，综合各方意见，提交了"蛟龙""神龙""犀照"三个名称。最后由科技部确定为"蛟龙"号！蛟龙是拥有龙族血脉的水兽在朝龙进化时的一个物种，只有勇于拼搏、渡过难劫才可以化为真龙。龙在汉族传说中是一种善变化、能兴云雨、利万物的神异动物，也是炎黄子孙的象征。我们素有"龙的传人"之说。载人深海潜水器取名"蛟龙"，寓意深远，既取探海之意，又有气势，朗朗上口。

后来，中国"蛟龙"名扬天下。

起航仪式上，刘心成代表海试队宣誓："今天又是一个值得纪念的日子。海试团队在去年圆满完成我国载人潜水器 1000 米海试后，今天又要踏上新的征程了。请祖国放心，请人民放心，请领导放心，我们将以实际行动，为中华民族探索深海大洋的史册谱写新的篇章！"

王飞理事长宣布："载人潜水器 3000 米级海试，现在起航！"

"呜——"一声长啸，"向阳红 09"船在一片鲜花、鼓乐声和人们的招手致意中，缓缓离开了码头，载着海试团队，奔向广阔的南海，一场新的"蛟龙闹海"大戏即将上演……

2. 又一次"走麦城"

尽管做足了准备工作，还是有可能出现百密一疏……

2010年6月8日上午，"向阳红09"船驶抵三亚以南A1海区，实施"蛟龙"号第22潜次的海试，也是本年度的第一次下潜试验。同时，进行水下拍摄作业，为潜水器的工作情况留下宝贵的影像资料。

9点16分，试航员进舱，9点51分，载人潜水器布放入水。就在这时，出现了从未遇到的复杂情况：执行水下拍摄任务的潜水记者，在母船尾部较近距离下水，由于海水流速较大造成不规则紊流现象，使潜水器入水后向母船尾部靠拢，差点冲撞到潜水记者。船上的人们一片惊呼："快闪开！"

紧接着，潜水器原地转向，致使拖曳缆缠绕上了潜水器上方的通信机换能器，"啪"的一声，巨大的拉力将换能器拉断了！

指挥布放的 Ⅲ–3 水面支持系统负责人余建勋紧急报告："'向九'，'向九'，换能器受损！无法建立水下通信。"

"'向九'明白。"指挥部内，刘峰总指挥神色严峻，与身旁的于杭教授、刘心成书记等人简要商量了一下，果断下达命令："各部门注意，我命令，试验终止，回收潜水器！"

海试队员们闻言心情十分沉重，这意味着像去年一样，又是出师失利。下潜受挫，拍摄任务也未能完成……不料，在回收过程中，又发生了前甲板水声电话吊阵电缆受损，一系列问题集中出现，大家一时茫然不知所措。

紧急召开的指挥部会议上，大家先是沉默思考，继而深刻讨论，对造成种种故障的原因进行了分析，归纳起来就是：准备不充分、协同不到位；操作程序不够严谨；对海流与母船和潜水器布放的影响程度估计不足，遇到复杂情况时有些慌乱；有的岗位还没有进入状态，存在麻痹思想。

吃一堑长一智，不能被同一块石头绊倒两次。海试团队就是这样不断总结经验教训，一步步前进的。第二天早晨，在继续下潜海试并进行水下拍摄之前，指挥部和临时党委召开了全体参试人员大会，通报目前的海试情况，提出具体工作要求，强化大家的安全工作意识。

刘峰总指挥首先说："昨天是 3000 米级海试的第一次作业，是一次实战检验，结果证明我们的工作还有很大差距。必须承认，海试团队还年轻，缺乏处置复杂情况的经验。全体参试人员必须猛醒，认真整改，争取打一仗进一步。"

刘心成书记接上说："请同志们记住，2010年6月8日，我们在50米海区又一次'走麦城'，考试不及格，其原因就是准备不充分，协同不到位。我们光说不吃老本，实际还是沉浸在去年的捷报里。首战失利，教训深刻，但不能沮丧泄气，要把教训变成财富，坚决杜绝此类事情再次发生。"

响鼓不用重锤。果然，在接下来的第23潜次海试中，完全重复上次的课目，各个部门高度警惕，瞪圆了眼睛、竖起了耳朵。8点56分，"蛟龙"号布放入水，各方面完全正常。10点18分，潜水器下潜至37米，记者完成了水下摄像。11点26分，载人潜水器顺利回收至甲板。一举取得了这个潜次的试验成功。

就在战胜失利阴影、争取再战成功的时刻，两位队员的家中接连传来了令人难过的消息……

6月7日，北海分局潜航员傅文韬接到了家中打来的电话：父亲突发疾病，正在湖南岳阳市医院里抢救治疗。啊？！这一噩耗犹如晴天霹雳响在他头顶上，年仅28岁的小傅是家中唯一的男孩，从小深受父母的疼爱。朴实耿直的父亲话不多，一年到头忙里忙外，与母亲一起辛辛苦苦把他们姐弟拉扯大，还没有享受到一天儿女的侍奉，竟被生活的重担压倒了。

一边是天降横祸、生死难料的父亲，一边是正在进入3000

米级海试的"蛟龙号",而今年他将作为主驾驶之一去耕洋牧海。虽说自古忠孝不能两全,可事情摊到谁身上,一时也难以轻易做出选择。傅文韬把自己关在舱室里,呜呜大哭起来。无情未必真豪杰,尽孝如何不丈夫?

同屋的另一位潜航员唐嘉陵得知了此情,立即向北海分局局长、海试党委书记刘心成和现场总指挥刘峰做了汇报。领导们高度重视,马上研究,决定利用"向九"船靠港停泊的时机,安排傅文韬休假,让他赶快回家探望一下重病的父亲,具体假期可酌情而定。

"谢谢领导关心!"傅文韬归心似箭,连忙打点简单行装,打车从三亚港速奔凤凰机场,买上最早的一班飞机票直飞长沙,进而乘车赶赴岳阳。当他赶到医院时,父亲已经被推进了重症监护室,被下了病危通知书。

医生了解到了傅文韬的特殊情况,破例让他换上隔离衣,戴上口罩进了病房。看到才50多岁的父亲被病魔折磨得面色苍白、形销骨立,小傅一阵心酸,上前握住父亲的手,叫了声"爸……"就哽咽了……

傅爸爸神智还清醒,只是不能动不能说话,看到儿子来了,两行眼泪不由自主地流下来。心脏监视仪猛增到每分钟180下,傅爸爸使劲儿紧紧攥住儿子的手,似乎生怕一松手,就与儿子分别了。

探望时间长了对病人不利，傅文韬只得在医护人员催促下，一步三回头地走出了重症室，与母亲在外面抱头痛哭。好在母亲十分坚强，很快便擦干眼泪，对文韬说："孩子，你已看望你爸了。你工作忙，海试正是需要你的时候，抓紧回去吧！"

"妈，爸爸这个样子，我怎么能放心走呢？"傅文韬心情沉重。

傅文韬与唐嘉陵是我国第一代职业潜航员，是千里挑一、定向培养出来的，今年冲击3000米，仅有他们和叶聪三位主驾驶。养兵千日，用在一时。可是父亲重病在身，生死未卜，他怎么能忍心不管呢？

"这里有医生在，有我和你姐姐在，你就放心吧！马上给我回去。"妈妈正色说道，"你做的是国家大事，如果因为家事给耽误了，你爸知道了也要怪你的！"

好一个深明大义的母亲！傅文韬点点头，说："好，我明天就返回，一定好好干，绝不辜负爸妈的苦心。今天就让我在医院守候爸爸一晚上吧……"

第二天，傅文韬将积攒的工资全取出来留在家里，告别病中的父亲，告别疲惫的妈妈、姐姐，匆匆返回三亚港，正赶上准备出发去海试的母船。

无独有偶。6月8日晚上，人称"大力水手"的船员冷日辉接到家中电话，告诉他父母家中因电器故障，突然失火，虽说没有伤着老人，却烧得一片狼藉，损失很大。啊？他心头一紧，不知所措。

已是知天命之年的冷日辉，是工作多年的老水手了，原在"大洋一号"科考船上工作，年初刚刚远航归来。他膀大腰圆，孔武有力，常年在海上生活，风吹日晒成了一副古铜色的脸庞，与美国知名的漫画人物大力水手相似，大家爱称他为"大力水手"。因比较适合"蛙人"小分队的工作，本次出海前，海监一支队特意把他调到"向九"船实验部。只一个潜次，大家便感觉到这位水手的超强能力了。他能在上下颠簸的海浪中牢牢抓住潜水器，为安全解、挂缆提供了有力支撑。

家中发生如此灾难，谁也无法淡定啊！当总指挥顾问、海监一支队副支队长陆会胜代表分局找他征求意见时，冷日辉哽咽得说不出话来。是啊，曾经有过多年出海经历的陆会胜，感同身受，深深明白他的无奈和遗憾，想安慰几句，却不知说什么好。这个时候，一向孝顺的儿子就是家中二老的依赖，年老无助的父母是多么希望儿子陪伴在身边，抚慰那颗受伤的心灵啊！可是远在南国的海试现场，也真的需要他。

冷日辉不愧受党教育多年的老水手，片刻冷静下来，坚定地说："领导不用太担心，我是不会耽误咱们海试的。我爱人已经把父母接到家里居住了，亲友们也都去看望了。只要组织上需要我留下，我是义无反顾。"

"冷师傅，好样的！"陆会胜紧紧拉住他的手。

让参试人员感到欣慰的是，面对灾难的海试团队成员不是一两个人在战斗，他们有着强大的组织后盾。北海分局得知了冷日辉和傅文韬的家事后，立即行动起来，派人看望小傅的父亲并送上慰问品，也来到冷日辉家中看望受惊的老人，了解目前遇到的实际困难，一一给予解决。

祖国利益高于一切。

这不仅仅是一句口号，更是海试团队的实际行动。6 月 12 日中午，第 25 潜次正在紧张进行中。12 点 40 分，"蛟龙"号布放入水后，突然发现主吊缆的固定端部出现松动现象，失去正常起吊功能了。水面支持岗位的人员无法现场修复。主吊缆是潜水器布放回收的关键设备，若不能及时解决，就无法回收正在水下试验的载人潜水器，那就是一场重大事故。

险情十万火急，故障就是命令。现场指挥部和临时党委立即协调船上相关部门，研究处理。要求必须想尽一切办法，利用"蛟龙"号在水下试验返航前，将主吊缆修好。窦永林船长当仁不让，马上召集实验部、轮机部的师傅们，紧急磋商，针对故障点一遍遍地画图、拿方案。最后确定实验部人员登上 A 形架，用大号扳手修复。

具有丰富经验的实验部主任马波，带领刚刚驾小艇解缆回到母船上的"蛙人"——冷日辉、张建华、张正云，开始了令人眼晕的抢修工作。A型架主吊缆根部离甲板七八米高，船员要从潜水器的工作架上一点点爬上去维修。海浪扑打着船舷，东摇西晃，真让人为他们捏一把冷汗。挂安全带、递工具、接力登高，这些船员有着多年的工作经验和强健体魄，更重要的是有一颗责任心，干起活来得心应手。

站在最上边的，是手劲最大的冷日辉，这会儿他早已将家中失火之事扔在脑后了，一门心思地把精力用在海试上。总指挥和党委书记一边指挥着下潜，一边不断地前来查看检修情况。看着"大力水手"爬上A架顶端，挥动着大扳手，一下一下地工作着，心里也在默默地为他加油使劲。两个多小时过去了，主吊缆终于重新安装固定完毕，经过试验一切正常。人们心里一块悬着的石头才落了地。

可是，冷日辉、张正云他们从A形架上下来时，全身上下已经被汗水湿透。只喝了一杯水，回收"蛟龙"号的时间就到了，他们马上准备橡皮艇，又下海了……

3. 逼退国外舰艇

2010年6月20日，"向阳红09"船到达北纬18度41分、东经116度32.9分的D2海区。风力4级，浪高1.2米。经过认真准备，今天进行第26次也是3000米级海区第一次潜水试验，计划潜水深度1800米。

南海分局的警戒编队"海监74""海监72"船已经到达试验海区，并向指挥所报到，按要求在试验区周边执行警戒任务。

上午8时半，现场指挥部发出"各就各位"指令。刘峰总指挥通过对讲机提出要求："这是3000米海区第一次下潜试验，各岗位要认真操作，确保试验安全、顺利进行。"之后，"蛟龙"号布放入水，完成"水面检查"程序后，注水下潜。

9时左右，"向九"船驾驶室值班员观察到右舷110度、距离12海里处有一艘大吨位外国船迎面驶来，迅速接近我试验区。

他马上通过电话向指挥部报告。党委书记刘心成告诉总指挥刘峰："你继续指挥'蛟龙'号作业，我去处理。"而后迅速到达驾驶台。

雷达显示，这是一艘万吨货轮，船长190米，宽32米，以14.3节航速正向我们这片海域逼近。两艘警戒船已经发现"敌情"，迎面冲去。刘心成立即通过甚高频下达指令："'海监74''海监72'，'蛟龙'号已经下潜，你们两船加速前出拦截，绝对不能让货轮进入试验海区。"

"明白，坚决完成任务！"

通话间，"海监74""海监72"船在警戒编队指挥员组织下，一边高速迎"敌"，一边通过国际16频道不停地用英语呼叫货轮："你船进入我试验海区，请马上转舵离开！马上离开！"

双方越来越近，如不采取措施，就会相撞了。那我们的两艘小吨位海监船肯定吃亏，但他们毫不畏惧，全速冲上前去……

事实上，这已经不是第一次狭路相逢了——

在去年1000米级海试时，恰巧也是南海分局的"海监74"船担负警戒工作，就遭遇了同样的险情。那是2009年9月7日，正当我们的载人潜水器在B1海区，执行第14次下潜任务时，一艘不明国籍的货轮突然进入试验海区，径直向试验母船方向全速而来。窦永林船长一边报告，一边采取措施："出现突发情况，我要立即回收声学吊阵，并双机操船。"

而此时，潜水器已经完成本次下潜试验，开始上浮。刘峰总指挥一边双眼紧张地盯着显示器，一边发布命令，要求负责警戒的海监船阻止货轮进入试验区域。

　　刘心成书记和于杭教授马上奔到驾驶台，通过即时电子海图了解到详细情况后，不禁倒抽一口凉气：这是一条名为Victera Trader 的货轮，简称 VT 船，长 166 米，宽 25 米，已经不听劝告，以 18 节的航速越驶越近了。此时，原本在正北方向2 海里处担任警戒任务的"海监 74"船，急速南下，力图拦截。从吨位上看，长 77 米宽 10 米的我海监船比它小了一半多，速度也无法与其抗衡。按双方当前航速来看，两船将在 8.7 分钟后相撞，一旦相撞后果不堪设想。

　　"你船已进入我海试区域，请马上离开，马上离开！"无线频道里，"海监 74"船船长一再用中、英文双语向 VT 呼叫，希望其改变航向，以免干扰"向九"船和正在上浮的潜水器。可是，不知是没听明白，还是故意挑衅，VT 船拒不回应，也不变向，甚至毫不减速。

　　就在这时，我们的载人潜水器已经在正前方浮出水面，如果被不明船只撞上，将是一场巨大灾难。窦船长眼明嘴快，沉着果断地下令："左舵，前进三！"指挥"向九"船稍作转向冲过去，将潜水器护于自己的左舷。而"海监 74"一边保持航向迎向 VT 船，一边呼叫位于"向九"船东面的"海监 77"船迅速增援，对 VT 形成了夹击的态势。

"海监74""海监77"两船虽小，但具有气吞山河的气势，果断的插入"向九"船和 VT 船之间，在远大于自己的外轮面前寸步不让。宁可自己粉身碎骨，也不允许外轮损伤我们的试验母船和潜水器！

在这种强大的压力下，VT 船不得不屈服了，在即将相撞的关头改变了航向，悻悻地驶出了试验海区。全体海试队员这才松了一口气，对我们的海监警戒编队的敬佩之情油然而生！有心的于教授特意把当时的电子海图截图保留下来，并在日志里写道：

"在我眼前，'向九'护卫着'和谐'（潜水器暂名），"74"船护卫着'向九'，"77"船又策应援助"74"。各自挺身而出，寸步不让。真是何等的英勇、何等忠诚的海上部队！那一刻，我的心中充满了无限的敬意。我保留了这些记录，我要让中国载人深潜器的历史永远记住这样的果敢和忠诚。

"和平年代很少需要我们展现这种高尚的品格，可是在 B1 区的每一天，我看到每一个人都接受了这种挑战。这个整体没有在经费不到位的困难面前退却，没有在突发恶劣的海况面前退却，没有在难以解决的各种技术问题面前退却，也没有在那个早已报废了的电池面前为我们自己寻找任何退却的理由。每一个人的英勇行为，最终使我们这个整体没有在 B1 区的深度面前做出一分一厘的让步。在过去的 22 天里，这个整体就像"74"船一样，挺身而出，寸步不让，坚守了自己的使命。"

时隔一年，这种情景又在 3000 米 D2 海区重演了。我们的海监警戒编队同样交上了一份优秀的答卷。

正如上次一样，"海监 74"与"海监 72"两艘警戒船舶，迅速形成从货轮正前方和左侧对其阻截、逼其向右调整航向离开试验海区的态势。终于，外轮就在距离"向九"船 7 海里处，它不得不停下了，转向了，向海试区域外驶去。我们英勇的警戒编队又一次成功地将不安全因素，阻截在试验区域之外。

丝毫没有受到影响的"蛟龙"号，不断传来佳音。在叶聪、于教授、杨波三位战友的精诚合作下，9 时 45 分，下潜深度到达 1109 米，平了去年纪录。以后的每一个数字都是一项新的纪录，1300 米、1500 米，到达 1580 米时第一次抛载；10 时到达 1700 米、17 分钟后 2000 米、21 分钟后到达 2067 米。这是"蛟龙"号首次突破 2000 米深度。"向九"母船上一片欢呼！

本潜次试验项目全部完成，"蛟龙"号第二次抛载，开始以每分钟 40 米速度上浮，11 时 48 分出水。早已等候的"蛙人"小分队立即上前，挂缆，拖曳，水面支持系统启动，一刻钟后，潜水器和三名试航员安全回到母船甲板……

经过两天的精心维护、检修、保养，"蛟龙"号潜水器重又斗志昂扬地整装待发。现场指挥部会议决定：6 月 22 日进行第27次下潜试验，计划下潜深度2800米，还是由比较成熟的试航小组叶聪、于杭、杨波执潜。

2800米，是一个新的深度，也是一次新的挑战！或许遇到的问题会更多、困难会更大，两位领导人——刘峰总指挥和刘心成书记研究决定，早饭前召集全体人员在餐厅开会，进行第二次岗前教育动员活动。

首先，刘峰激情洋溢地宣读了中华人民共和国科技部、中国大洋协会和"863计划"海洋领域办发来的三封贺信。那是"蛟龙"号成功下潜2067米之后，上级主管部门给予的高度评价和表扬。特别是科技部的贺信指出："科技部谨向全体参试人员表示热烈的祝贺！并向你们艰苦奋斗、不畏艰险、勇攀高峰的探索精神表示崇高的敬意！希望全体人员不忘祖国的期望、人民的嘱托，为圆满实现这次海试任务，再接再厉，再创佳绩！"

随后，刘心成作动员讲话："贺信是上级机关的对海试工作的充分肯定和关心支持。尤其是科技部发来盖有国徽章的贺信，过去在科研试验过程中很少见过部级机关的贺信，这说明科技部高度关注载人深潜试验工作。这是表扬更是鼓励，是肯定更是鞭策。我们要把上级的关心转化为高标准完成3000米级海试任务的强大动力，胜利一定属于我们光荣的团队。"

8时30分，刘总指挥发出了"各就各位"的指令。9时20分，"蛟龙"号潜水深度1000米、36分时2000米、50分时2500米，此时已经刷新了 6 月 20 日创造的 2067 米的纪录。现场指挥部全体人员目不转睛紧盯显示器，中央电视台记者的摄像机镜头牢牢对准指挥部大屏幕，眼看着深度数字不断增加，大家心情愈发紧张。

因为下潜之前，于教授和叶聪都表示：如果情况正常，就不局限在 2800 米指标上，适时向 3000 米深度发起冲击。刘峰总指挥和刘心成书记笑着点了头，期盼超额完成任务。然而，盼望是盼望，面对即将来到的现实，还是不免有些紧张。10 时 27 分，叶聪报告：深度到达 3000 米了。指挥部里的人们静静听着通信机，面露喜色又有点担心。10 时 30 分，深度 3039.40 米！刘峰命令"蛟龙"号"抛载上浮"。好啊，指挥部再也抑制不住了，一片欢腾。

载人潜海 3000 米啊！这是中国海洋人的一个新纪录，也是史无前例的一个大突破。意义非同寻常。这预示着我们自己研发、自主设计、集成创新的载人潜水器，完全经受住了深海的考验，未来一片光明。

上级领导机关——国家海洋局、大洋协会、科技部社会发展司，各参试单位包括国家海洋局北海分局、中船重工 702 所、701 所，以及中国科学院声学研究所的贺电、贺信、慰问电雪片似的飞向海试现场。

4. 深海警报

虽然下潜深度突破了3000米，但是试验项目还远没有做完。

2010年7月8日，"向九"船从三亚向3000米试验海区航渡，准备冲击新的深度和解决海试中出现的问题。因为世界海洋平均深度为3682米，科技部社发司领导要求载人潜水器本年度试验应超过这个深度。而原先确定的下潜点只有3500米，指挥部决定向东南方向移动4海里，坐标点为北纬18度35分、东经116度28分。

凌晨三时许，"向九"船航行到达修改后的下潜海域，首先进行CTD测量作业，由北海分局大洋技术中心随同海试的技术人员曾现敏、黄云明操作，测量深度达到3765米，4时30分结束。北海分局大洋技术中心副主任张洪欣开始使用Bathy2010进行测线作业，东西南北共2条测线，每条长度4海里，6时

30 分结束。这是每次下潜试验前必须做的工作，为潜水器提供了可靠的技术参数。

今天计划进行第 33 次下潜，试验内容：无动力下潜上浮；接地检测性能复核；液压系统和航行功能复核。由唐嘉陵、叶聪、崔维成执潜。

上午 10 时，指挥部发出"各就各位"号令，10 分钟后"蛟龙"号入水。而后，一路顺利下潜。10 时 56 分，潜水深度达到了 1100 米。11 时 06 分，潜水器到达 1700 米左右。这时，就在这时，一直紧盯着电力接地检测仪的崔维成忽然说："不好！接地值又开始升高了！"

"是吗？"叶聪和唐嘉陵也赶紧看了看仪表，果然指针在向上移动，心里不免有些紧张。

接地检测值是报告水密电缆和水密插件的漏水警报。要知道，载人潜水器身上布满了大量防水密封的电缆和插头，位潜水器的控制系统、水声通信、生命支持系统、舱外机械手、摄录设备以及照明灯光供给动力。简言之，这些电流通道就是潜水器的血管和神经，必须经受得住海底几百个大气压的压力，不漏水不短路，才能保证潜水器正常工作。万一穿舱泄露，海水在几百个压力的作用下射进载人舱，其威力如同子弹一样，潜水器和舱内人员的后果可想而知。

为了及时监测了解水密电缆和插件情况，本体设计者 702

所的专家们特意安装了一台接地检测仪，检测值必须保持在一定的数值以下，才能保证安全，最大值不得超过 1.2。如果超过了最大限定值，说明电缆有可能进水，必须立即停止试验，抛载上浮。去年，在 1000 米以下海试时，这个问题不太明显，基本上保持在正常数值内。今年陆续超过 2000 米，进入 3000 米海深时，接地检测值不断偏高，甚至超过了 1.2，以至于不得不无功而返。

可是，试航员们发现了一个奇特的现象，当潜水器上浮到 1000 多米时，接地检测仪指针又恢复到 0.07 以下。特别是回收到甲板上，潜器维护部门抓紧检查时，却什么故障也没有，所有电缆和插件都是正常的。几次三番，弄得大家十分头疼。如果这个问题不能从根本上解决，就像一颗定时炸弹，是一个严重隐患，海试将无法进行下去。

经过再一次全面细致的检修，更换了所有可能漏水的零配件，海试队满怀期冀的实施第 33 潜次试验了。702 所副所长、潜水器本体副总设计师崔维成亲自下潜，看看到底是怎么回事。前边一直正常，到达 2000 米左右时，那个故障又一次出现了。0.09、1.0、1.05……三位试航员采取了相关措施，暂停通信联络，关闭舱内电源，都无济于事。

"向九"母船指挥部大屏幕上，同样适时反映出潜水器水下情况。本来，大家都在期待奇迹出现，看到下潜接近 2000 米了，还在正常值内，以为已经攻克这个难关了。不料，就在超过2000米时，"潜水器接地检测报警"显示变成了红色字体，指挥部的气氛顿时凝重起来，一下子变得鸦雀无声，进出的人们都小心翼翼地走路、开门，人人捏了一把冷汗。

海水下面的"蛟龙"号舱内，更是一片紧张，接地检测指针一路上扬，从1.05到1.16，即将达到最高限额1.2了。当潜水器下潜到2050米时，指针升高到1.338，这预示着随时可能发生不测事件。母船上的现场指挥部不得不下了死命令："立即上浮！"最后，潜水器终止在2088米深度上，叶聪操作抛载了压载铁，上浮返航了。没有冲破曾经到达的3000米，也没有做任何试验科目，徒劳无功，这是一个失败的潜次。

令人啼笑皆非的是，就像前几次一样，当上浮到1000米左右深度时，报警自动消失，接地检测指针又回到了0.07以下。潜水器返回母船后，深潜部门长胡震立即组织电力与配电小组的工程师程斐、杨申申、王磊等人全面进行检查。拆开潜水器、一点一点搜索故障点，并且邀请了专家咨询组一起深入分析，把可能想到的地方全部检查了一遍，还是没有找到真正原因。万般无奈之下，只能采取缩小故障范围的措施，把最受怀疑的电源至应急液压源一路直接接入舱内，若再出现异常，就依次断掉相应的线路。

这个办法行不行呢？只有到深海里去检验才能确认。可是，隐患未除，万一在水下电路失效，那将带来灭顶之灾。

当天晚上，潜水器总师组召开扩大会议，分析问题，商议解决措施。现实就这样严峻地摆在面前：要解决接地报警问题，也就是电路绝缘问题，在母船甲板上的检修手段非常有限，必须下潜！经过充分讨论，各系统的主任设计师们纷纷表态："我们的设备不怕压！下吧！"

"对，传感器就是坏了，也不会造成大事故，我们有备件，上来就换。"

最后，总师组形成了统一意见：在保证安全的前提下，也就是说只要接地数值不超过1.2毫安，就大胆下潜，让深度把问题彻底压出来。现场指挥部与专家组认真研究后，认为可行，决定第二天进行第34潜次试验。具体任务是接地检测状况复核、海底航行机动、操作机械手、利用热液取样器取3000米深海水样、坐底试验以及其他功能验证。

7月9日上午，天气不错，偏南风3级，海面平静如镜，些微小碎涌像温柔的小手抚摸着船舷，是一个非常理想的试验海况。第34潜次如期进行。10时整，三位经常合作、配合默契的试船员叶聪、于教授和杨波依次进舱。指挥部发出指令10分钟，"蛟龙"号布放入水，舱内检查正常，开始注水下潜。10时26分建立起了水声通信，两分钟后，现场指挥部便收到了"蛟龙"号的各种信息。有关人员，包括中央电视台的记者们，都紧张地盯着显示屏上的数据，临时党委书记刘心成十分了解大家的心情，手拿话筒，成了新闻发言人。

"现在下潜到了1000米，目前来看，一切正常。舱内湿度从70%下降到了48%，环境越来越舒适了。"大家都在暗暗祈祷着经过进一步检修，潜水器会克服所有难关。刘书记悄悄感叹道："越是到了这个时候，我们的心里越是发紧……"

试验一直在继续着，11时16分之后，下潜深度达到了2000米、2500米，始终没有得到"蛟龙"号异常的报告。大家不知道试航员面临什么情况，反而有些不安，纷纷猜测着，是不是于教授在舱内，即使发现问题，也及时处理好了，不值得报告呢？但愿如此！11时46分，刘书记通过广播通报好消息："现在的下潜深度已达3160米，超过了曾经到达的最大下潜深度，还没有发现异常现象。"

母船上所有人松了一口气，看来幸运之神垂青我们了。从现在开始，每分钟都在创造我国载人深潜的新纪录。11时58分，刘书记又兴奋地播报："已经下潜到了3500米。"又过了6分钟："啊，3684米，突破了世界海洋平均3682米的深度。现在是12时09分钟，深度是3755.1米，高度显示0米，'蛟龙'号成功坐底了！"

"好啊……"人们一阵欢呼，不仅仅是因为一举创造的下潜纪录，更为没有发生检测警报而兴奋，这似乎说明我们已经攻克了那个难关。刘峰总指挥要求控制室通过水声通信机发去文字信息："欣闻潜水器突破 3700 米，并成功坐底，向三位试航员表示热烈祝贺！"不一会儿，收到了"蛟龙"号的文字回复："向现场指挥部和全体人员表示真诚的谢意！胜利属于大家！"

水下的试验一直在持续。已经过了吃午饭时间，可会集在指挥部的人们都不觉得饿，执意坚守着，与深海潜航员共享着创造历史的每一个瞬间。15 时 05 分，"蛟龙"号完成了五次坐底巡航，下潜最深达到了 3757.31 米，平安上浮了。

山重水复疑无路，柳暗花明又一村。全体海试队员十分欣慰，认为接地数值没有超过 1.2，最为棘手的故障已经排除了，此后将是一片坦途。

"蛟龙"号胜利返航的第二天，又是潜水器的"大总管"胡震胡司令，率领他的维护部队冲了上去。精心检查、认真维修，把所有的计算机罐和声学罐都拆开，希望固化住故障点，一劳永逸地解决。他们一连干了一天一夜，其间两次排除下雨的干扰，直到 7 月 11 日早晨，终于完成了全部准备工作。

指挥部决定一鼓作气，执行第 35 潜次的海试。大家满心以为这是一次乘胜追击的下潜，接地值起码不会超过上一次，甚而还在 1.11 以下。不料，情况出现了极大反复，潜水器下到了 40 多米后，接地值就开始升高，一路下潜一路报警，300 米，竟高达 1.5 毫安。再往下潜到了 800 多米，指针又回落到了 0.9。

看来故障点极不稳定。为了安全起见，指挥部要求他们立即上浮返航。

执行此次海试的于教授，与主驾驶叶聪、试航员杨波商量，这样上去，还是找不到具体原因，我们只有再深入一步，在水下采取检测措施，才能把这一顽固的故障"逼出水面"。再说，通过这么多次的深潜，已经深刻感觉到潜水器性能安全可靠。只要密切观察，做好各种准备，安全是有保障的。是啊，不入虎穴，焉得虎子。同意！继续下潜！三人把手紧紧握在了一起。

这是需要冒着极大风险的，万一不明故障造成了短路断电甚至是爆炸进水，后果相当严重。我们的科学家、试航员在不断报警的情况下，脸不变色心不跳，勇敢下潜、下潜……

他们是真正的勇士，是可歌可泣的英雄！

诚然，他们不是蛮干，不是硬拼，而是建立在科学保障的基础上，凭着对祖国载人深潜事业的挚爱和对"蛟龙"号安全性能的自信，他们将生死置之度外，沉着、镇定、果敢地处理面前的问题。当下潜至1800多米深度时，报警数值再次升高，他们冷静观察，对用电设备逐个采取隔离措施，同时继续加大下潜深度，延长报警出现的时间，以求固化故障点……

苍天不负有心人。他们终于揪住了这只时隐时现的"幽灵"尾巴。"蛟龙"号顺利返回母船后，于教授、叶聪向维护人员反映了水下观察到的问题。电力与配电小组连夜检查，发现在一根 32 芯线电缆的插头根部有电火花烧蚀的微弱痕迹，进一步检查，锁定了多次出现的副蓄电池泄露报警原因是水密插头进水。两根导线在平时相隔绝缘胶皮，相安无事，可当进入深海1500 米以下，压力增大，紧紧将导线压在一起，细微毛刺造成短路报警。而当上浮到水面时，压力减小，两根导线分开，则一切又正常了。

哈！众里寻他千百度，蓦然回首，那人却在灯火阑珊处。找到原因，对症下药，彻底解决。指挥部决定，各有关部门连夜排除故障、检查系统软件、修改作业流程。当晚，现场指挥部、潜水器准备室、声学控制室、后甲板的灯光下，到处都是忙碌的人影，直到天边亮出了鱼肚白……

5. 五星红旗在海底飘扬

2010 年 7 月 12 日，又是一个中国深潜人值得自豪的日子。

经过一夜检查排故、维修保养，解决了长期困扰潜水器接地检测报警的元凶，进而又更换了全新的蓄电池箱。全体海试队员极大地增加了信心。现场指挥部决定乘胜前进，今天进行第 36 次下潜，海试任务是在南海海底插上中华人民共和国国旗、布放"龙宫三号"标志物、使用热液取样器提取海底水样、接地检测复核等。试航员为叶聪、唐嘉陵、刘开周。

原计划 9 时 30 分开始试验，但在 8 时对潜水器下潜前综合检查、安装轻外壳时，责任心很强的技工顾秋亮——他是 702 所的老师傅，技术高超，曾获"江苏省技术能手"称号——突然发现备用蓄电池箱周围几个螺栓有油迹，进一步检查，原来是蓄电池箱出现了一条细微的裂缝。胡震立即带领配电组更换，直到中午 12 点才完成。

"怎么样？胡总，今天还行吗？"指挥部有些担心。

"没问题！我们保证把一切都准备好了。"胡震斩钉截铁地回答。

"好，13 时各就各位！"在指挥部号令下，各部门紧张有序地操作起来。

13 时 15 分，"蛟龙"号布放入水，建立水声通信后下潜。13 时 48 分，潜水深度 1000 米，之后一路"顺风"，2000 米、3000 米、3682 米，15 时 16 分到达 3757.31 米，平了 7 月 9 日的纪录，安然坐底。

接下来，唐嘉陵、刘开周两人负责观察、巡视，主驾驶叶聪操作机械手，准备布放海底标志物了。

在深海里留下自己的纪念性标志物，是载人潜水器的一项特殊任务。早在去年 300 米海区试验成功在即时，总指挥刘峰就想到了这一点，找到临时党委书记刘心成说："下一次试验，潜水器要坐底，咱们能不能做一个标志性物品，用机械手放入试验区海底，它将永久证明我们试验的真实性。"

"这个想法好，我完全同意。走，咱们找船长商量商量。"他们说着来到船长房间，向窦永林说明了意图。

窦船长是个明白人，立即找来轮机长刘军、副支队长陆会胜、于教授一同研究。大家考虑到标志物保留时间要尽量长，在水中要有稳定性。刘心成提出用3毫米钢板加工一个倒T字形构件，上面印上"中国载人深潜试验留念2009.9"字样。陆会胜建议，为了使潜水器机械手顺利布放，可在构件上方系一段浮力缆。同时为了保证在水下目视清晰度，底色涂成白色，字体用红色。方案确定，由船长组织加工。

一个多小时工夫，在轮机工作间内完成了构件加工，水手长李斌组织人除锈，刷两度防锈漆，两度白油漆。大副李玉波和水手刘洪俭负责刻字。他们技能娴熟，干得既快又漂亮。刘峰总指挥看后夸奖道："船员中能人真多，没有干不成的事。"印好字后油漆还不干，很多人就来拍照，因为一旦放入海底，除非潜航员，一般人永远见不着了。

2009年9月20日上午进行第18次下潜试验。一大早，于教授在胡震主任等人协助下，小心翼翼地把标志物放入潜水器前下方采样篮中。正常下潜了，9时30分，潜航员报告：在292米坐底成功。北纬18度59.985分、东经112度37.225分，操纵机械手成功布放了中国载人深潜试验标志物。

大海作证：2009年9月，一群敢于闯荡深海的中国人在此留下了足迹。

时光转到2010年，3000米级海试又开始了，中船重工702所早就准备好了海底标志物：一面旗杆高50厘米的国旗，一个直径30厘米的八角形盘子。盘子上面印有五星红旗图案和"中国载人深潜海试纪念：2010 年"字样，起名"龙宫 3 号"（前期已经把龙宫 1 号和龙宫 2 号布放到了 300 米试验海区），两个标志物均由耐高压防腐蚀的钛合金制成。

历史性的一刻终于到来了，叶聪一边稳定住潜水器，一边用机械手从舱外采样箱里取出了那面钛合金制的小型五星红旗，小心翼翼而又郑重其事地高举着伸出去，选择了一块平坦的地方，牢牢地插在南中国海的海底！

这是中华人民共和国的国旗第一次出现在南海海底，意义非同寻常！

紧接着，布放"龙宫三号"标志物、使用热液取样器提取了 521 毫升海底水样……所有项目一气呵成。16 时 48 分，叶聪一边抛载上浮，一边向指挥部报告："'向九''向九'，我是'蛟龙'！我们已经抛载上浮，现在深度 3528 米，速度每分钟 36 米，到目前为止，接地数值一直保持在 0.07 以下，报告完毕！"

他那洪亮清晰的声音通过水声通信机传到母船上，现场指挥部与潜水器控制室一下子沸腾了，许多人情不自禁流下了激动的热泪：接地数值一直保持在 0.07 以下，这个企盼而不敢奢望的结果在今天的潜次中实现了，这个载人潜水器的"高血压病"、这个 3000 米海试以来一直压在大家心头的顽疾终于被攻克了，被征服了，怎能不令人欢欣鼓舞呢？！

晚上 19 时 20 分钟，潜水器回收完毕，本次下潜历时 5 小时 45 分。试航员叶聪、唐嘉陵、刘开周依次出舱，站在潜水器平台上展示带到舱内的五星红旗，向众人挥手致意，平台上下一片欢腾。指挥部和临时党委举行了隆重的欢迎仪式，总指挥、副总指挥和党委委员们分别与三位试航员一一握手、拥抱。

虽然距离 7000 米深度的最终设计目标还有不小的距离，但克服了一道道"拦路虎"，成功地、没有报警地深入 3757.31 米海底，顺利完成了各项试验任务，证明了我们自主研发的"蛟龙"号各项指标是过关的，是可靠的。这就等于翻过了嵯峨险峻的山梁，前面将是希望的顶峰。

第四章 转战太平洋

1. 先辈的旗帜

2011年7月1日，一个光辉灿烂的日子。

星移斗转，冬去春来，这一天是中国共产党诞生九十周年的生日。

我国载人深潜器"蛟龙"号，就在这一天从这里起航，去东北太平洋某海域，实施"5000米级海上试验"。海试领导小组根据海洋气象条件和各项工作准备情况，审时度势，特意选择在党的九十周年华诞出征！意义重大，激情满怀！上午九时整，试验母船"向阳红09"船一派节日的盛装，甲板上层建筑上悬挂满旗，左侧悬挂着"不负祖国和人民重托，坚决完成"蛟龙"号5000米级载人深潜海试任务"横幅，全体人员着统一的海试服装在甲板左舷站坡。

此前，在码头上举行了江苏省委、省政府向海试团队赠送慰问品仪式，省委常委、副省长黄莉新向总指挥刘峰和临时党委书记刘心成移交慰问品。新任国家海洋局局长刘赐贵一行登船，依次视察了潜水器、潜器准备室、厨房、餐厅、干湿实验室、部分船员住舱、驾驶室、机舱、现场指挥部，通过视频与北京大洋协会办公室人员通话，音视频状况良好。

刘局长十分满意，对两位海试领导人说："你们责任重大，要调动全体参试人员积极性，团结一致，克服困难，完成任务，拜托你们了！"

"我们一定努力，坚决完成任务，请局长放心。"刘峰和刘心成异口同声回答，充满了底气、志气、豪气。

今非昔比，盛况空前。

"蛟龙"号载人潜水器3000米级海试圆满结束后，中国科技部和国家海洋局联合举行了新闻发布会，公布了有关试验情况，在国内外引起了强烈的轰动。

人民网联合新浪网、国家海洋局政府网、中国海洋报、中国海洋在线网、中国海洋手机报等媒体，组织开展了评选十大"2010年度海洋人物"活动，条件是在2010年期间为推动中国海洋事业发展、保护海洋资源和环境、弘扬海洋历史和文化、传播海洋意识等方面做出突出贡献的代表人物。其事迹具有较强社会影响力。经过广大网民投票和专家委员会评审，"中国载人深潜海试队"榜上有名。

一举成名天下知。如今的"蛟龙"号海试队，名声在外，目标在前，肩上的担子更重了。

2010年12月30日，载人潜水器海试领导小组在北京召开会议，总结3000米级海试情况，部署5000—7000米海试工作。此前，科技部和国家海洋局审时度势，认为"蛟龙"号完全有可能实现7000米深度设计指标，决定加快推动海试进程，早日完成试验，投入深海科学考察，专门向国务院递交了"组织载人潜水器5000—7000米级海试"的报告。

与会人员对组织5000—7000米级海试进行周密筹划。强调要借鉴3000米海试的成功经验，加强各层面的交流与沟通，充分发挥各部门、各方面的优势，举全国之力保障项目的实施。要求各参试单位完善细化各级组织机构，明确责任和分工，进一步细化方案，做好船舶、装备、外交、救助等应急预案，确保任务的顺利进行。

鉴于前两次海试的成功经验，继续采用领导小组—现场指挥部—母船、潜水器、警戒保障船负责人—负责各项工作的部门长—各岗位操作人员等五级组织机构。国家海洋局副局长王飞仍任海试领导小组组长，其余依此类推。基本还是原班人马，一是互相熟悉，便于衔接，二是参试人员都有一个共同目标：有始有终，海试到底，见证中国7000米载人潜水器的彻底胜利！

由于我国南海没有适合5000米级海试的海域，加之中国大洋协会与国际海底管理局签订了东北太平洋 7.5 万平方公里多金属结核专属勘探区合同，其中规定中国政府承诺每年投入资金用于该勘探区科学考察。海试领导小组综合考虑后决定，"蛟龙"号载人潜水器 5000 米级海试，转战东北太平洋，前往我国的合同勘探区，结合多金属结核和生物多样性调查进行，边试验，边应用，通过应用来进一步发现、解决问题。

这片海域距离我国上海约 5000 多海里，水深一般在 5200 米左右。

远离祖国，航渡大洋，承载"蛟龙"号潜水器和海试团队的试验母船责任重大，而"向阳红 09"船的两台主机已经使用 34 年，功率严重下降，航速降低，故障不断。刘心成作为分管的北海分局副局长和海试领临时党委书记，于 2011 年 1 月 19 日组织分局机关有关部门、中国海监第一支队、大洋技术中心的人员，并且邀请有关专家，到"向九"船上现场勘验，深入研讨。大家一致认为，必须进行扩大修理，恢复技术性能，使各种参数能够接近正常值，提高运行安全性、可靠性。

会后，北海分局将专家意见连同经费预算，书面报告给中国大洋协会办公室。10 天后，大洋办公室副主任也是海试现场总指挥刘峰便打来电话：大洋办已收到北海分局关于"向九"船主机扩大修理的请示件并进行了研究，同意分局意见，望加强组织，争取达到预期目的，保障海试顺利进行。

"向阳红09"船于2011年3月29日进船厂修理，两个月后完成所有297项修理工程，其中主机扩大修理49项，包括：两台主机活塞环全部换新，9只缸套、3根活塞杆、3付主轴瓦、2只调速器、18只空气分配器、6只气缸注油器换新，6台增压器大修，36付十字头和轴瓦检查、测量等。航行试验证明，船舶航速达到15.8节，完全达到了主机扩大修理的目的。

船上计算机网络系统由百兆级升级为千兆级、改造了现场指挥部视频监控、维护和标定了甲板调查设备。分局精心挑选了48名人员参加5000米海试任务，其中35人参加过前两次海试，熟悉工作特点。同时，完成了航行计划制定与审批、购置、补充、更新海图、图书资料，制定、修订各类应急预案9种。

此外，备航加装燃油这件看似非常普通的工作，却成为令人头疼的事情。原来"向九"船油舱容积只能加装900吨燃油，按说一般标准加油不超过舱容的90%。可是根据航程计算，航行东北太平洋需要燃油880吨（考虑了必要余量）。国家海事部门规定一旦发生船舶溢油，将要追究船长、轮机长的责任，加少了不够用，加多了溢油风险大。轮机长刘军与有关人员认真研究，小心翼翼地量油、拨油，一次性加装了887吨燃油。

当刘心成书记检查备航情况时，经验丰富的刘军说："我们从来没有一次加装过这么多燃油，当时紧张得直冒汗。"

"向九"船连续航行近50天不靠港补给，96名参试队员饮食保障是个大问题。海监一支队领导高度重视，与"向九"船领导和炊事人员认真研究主副食品、蔬菜、水果采购计划，他们着实颇费了一番脑筋。北海分局只有48人参加海试，可是直接为"向九"船执行"蛟龙"号载人潜水器海试任务提供后方支援保障的有500余人。

此时窦永林升任中国海监第一支队副支队长，陈存本接替他出任"向九"船船长。陈存本是青岛本地人，早年考上航院学习船舶驾驶，毕业后分配到北海分局，一干就是几十年，善于学习总结，年纪轻轻就当上了船长。他曾驾船三次奔赴南极，并被外派到五个国家的航运公司担任过远洋船长职务，数次穿越四大洋，走遍了39个国家的200多个港口，练就了一副高超的驾驶技术。此次"蛟龙"号试验母船需要新船长时，上级自然想到了他！

2011年6月30日下午，国家海洋局局长、党组书记刘赐贵专程来到江阴，准备第二天为"蛟龙"号起航送行。这位刘局长，这年2月刚刚接替退休的孙志辉局长来到海洋局任职，他原任福建省厦门市长，福建泉州人，生于1955年9月，在职研究生学历。他幼年随在邵武县卫闽林场工作的父亲生活。这里距海边不远，因而他早就经历过海风的洗礼。从政之后，刘赐贵担任过莆田市常务副市长、福建省海洋与渔业局党组书记、局长、厦门市委副书记、市长，一直围绕着东南沿海一线工作，并且利用业余时间在厦门大学海洋科学专业班进修学习，可以说，他是一位地地道道的"海洋通"。

早在 2007 年，刘赐贵任职厦门市市长期间，就非常重视海洋工作，大力发展海洋经济、海洋科技，注重沿海防灾减灾。2010 年 9 月 20 日凌晨，接到"凡亚比"台风即将登陆漳浦县的消息时，刘赐贵连夜赶到厦门市防汛抗旱指挥部，通宵达旦坐镇指挥，赢得了战台风保平安的胜利。同时，他还高度关注海洋文化建设，力主依托国家海洋局把"厦门国际海洋周"办成具有较大影响力的品牌。正是在这种背景下，国家选择他出任新一届海洋"掌门人"，可谓知人善任。

为了收集写作"蛟龙"号的资料，2014 年春天，我来到国家海洋局采访，得到了有关领导的大力支持。首先得到的是国家海洋局副局长、大洋协会理事长王飞的热情接待，他全面介绍了大洋协会成立以来的情况，特别是研发海试"7000 米载人潜水器"的来龙去脉，并且向我推荐采访大洋办主任金建才、副主任刘峰、北海分局副局长刘心成、中船重工总设计师徐芑南等与"蛟龙"号密切相关的功臣。

随后，刚刚出国归来的刘赐贵局长，百忙之中抽暇在办公室会见了我。他中等个头，身材适中，目光亲切而有神，一口南方普通话字斟句酌，显得十分沉稳干练。他站在国家、民族和历史的高度，讲述了我国发展大深度载人潜水器的重要意义。

尤其他说刚到海洋局履新时，还不十分了解这个项目情况，在与有关部门同志谈话时，王飞副局长和金建才主任介绍的几个数字让他印象尤为深刻：全球海洋总面积为 3.6 亿平方公里，其中公海的面积约 2.5 亿平方公里；海底矿藏资源十分丰富，据估计，人类探明的海底矿藏总量若铺于地面，则厚达 200 米；而目前可以载人到达深海的只有美、俄、法、日，我们刚刚海试成功的"蛟龙"号达到了 3700 米深，成为世界上第五个有此能力的国家……

敏锐的刘赐贵不用多听，心如明镜，立即表态说："好！我们一定要加快'蛟龙'号海试步伐，争取早日应用！"

此后，他在全面调研的基础上，迅速进入角色，雷厉风行，真抓实干海洋事业发展，尤其对于"蛟龙"号的海上试验，在前任局长和局党组扎实工作的基础上，再接再厉，更上层楼，不仅要求各有关部门一路绿灯，全力保障，还从提高全民海洋意识的角度，强调加大报刊、广播、电视对于海洋事业发展的宣传力度。在部署"蛟龙"号 5000 米级海试工作时，刘局长要求联系中央电视台全程直播。

有的同志担心说："假如试验出了问题，面对全国乃至世界公众，咱们怎么交待啊？还是谨慎一点稳妥。"

"不用怕！"刘赐贵胸有成竹，掷地有声，"我们对自己的科学团队有充分的信心，只要做好工作，没有克服不了的困难。

再说万一失败，捂是捂不住的，不如透明公开、坦然应对！"

过去，虽说每次海试都有电视记者跟随，但多是为了留存资料，只有3000米成功时才选择在举行了新闻发布会后录相播出。2011年，从海试准备阶段就制定了公开宣传计划，邀请中央电视台媒体记者随行采访，新华社、人民日报、科技日报、中国海洋报随时跟进报道。其中，还特别对央视女主持人王凯博进行潜航培训，届时可酌情下潜直播。上下左右，各个方面的支持与关注使整个海试团队感受到了一双大手的强有力推动。

对于我计划采访写作"蛟龙"号一事，刘赐贵局长十分重视，积极支持，当听到我希望随同"蛟龙"号母船"向阳红09"去深海大洋科学考察，现场体验采访第一手素材时，他很高兴："可以啊！今年第一航段是到西北太平洋吧？"他转头问陪同采访的局办公室主任石青峰。

"是的。今年是试验性应用科考，将在中国大洋协会与国际海底管理局签订的富钴结壳勘探合同区进行，6月底开始第一航段，计划40天。"热情而精干的石主任点点头。

"你可以参加第一航段，时间还不太长。不过，还得请海试领导小组酌情审批。如果批准了，你就是第一个深入'蛟龙'号工作现场的作家。这符合创作规律，要想写好作品，必须深入生活、认识生活。我希望你不但写'蛟龙'号的历程，更要通过'蛟龙'号写出我们的海洋战略、海洋文化来，提升全民的海洋意识。这将是一部大书啊！"

"谢谢！我一定按照这个方向去努力，争取不辜负我们的'蛟龙'号团队和海洋工作者的期望，精心写好这部作品，为建设海洋强国尽一个作家应有的绵薄之力！"望着这位胸中装满海洋的局长，我不禁肃然起敬。

此后，按照程序，一级级申报审核，我终于获得批准跟随"蛟龙"号去科学考察，在2014年夏天里，我经历了一段难忘的航程，这为尽心尽力写好本书奠定了坚实的基础。

话题回到2011年。5000米海试起航前，海洋局局长刘赐贵、海洋局副局长兼海试领导小组组长王飞、海洋局办公室主任李海清、大洋办主任金建才等人在江阴市泓昇苑酒店召开座谈会，亲切接见了海试团队的代表：于杭、叶聪、傅文韬、唐嘉陵、崔维成、杨波、张东升、刘开周、王凯博（中央电视台记者）等9名拟下潜人员，以及刘峰总指挥、刘心成书记。

这是刘赐贵局长第一次与海试团队的代表们见面，也是第一次由海洋局"一把手"亲自来为"蛟龙"号送行。他和大家一一握手问候，请大家坐下来，谈笑风生，亲切询问了前期的学习、训练情况，而后语重心长地说："你们9个人是96名参试队员的代表，是英雄，我代表国家海洋局党组、国家海洋局系统、海试领导小组和祖国人民向下潜队员表示感谢！'蛟龙'号海试队从1000米到3000米，再到这次5000米海试，意义更加重大。从深度到海域都有变化，带来的困难和挑战更大。虽然你们对困难也有预案，但是情况复杂，各种困难还会随时产生，要有充分的思想准备。"

第二天是 2010 年 7 月 1 日，正值中国共产党建党 90 周年纪念日，中国"蛟龙"号 5000 米级海试队乘坐"向阳红 09"母船出征远航。

9 时 40 分，在鲜红的镰刀斧头旗帜的辉映下，一声汽笛长鸣，"向阳红 09"船徐徐离开江阴码头，奔赴东北太平洋，为实施"蛟龙"号载人潜水器 5000 米级海试和大洋科考工作开始了一段新的征程……

2. 告别祖国

天连水，水连天，一片汪洋，汪洋一片……

本次"蛟龙"号 5000 米级海试与前两年不同，因原先选择的试验区——南海海域大多在 5000 米深度以内，为了适合这次海试，"向九"船首次离开我国领海，驶往东北太平洋某海域。这大约需要十几天时间，这一段日子称为航渡阶段。除了例行的检查、维护潜水器和自己学习准备工作之外，海试队员们比较清闲。

从浅蓝走向深蓝，近海与远海大不相同，大家每天面对的是浩瀚无际、波涛汹涌的太平洋，看不见陆地、小岛，甚至都看不到一艘轮船、一只小鸟。四周全是海水包围着，大伙儿开始感到新鲜，时间一长，寂寞孤独、枯燥乏味，甚而想家思乡的情绪就会油然而生。如果任这些情绪漫延下去，将不利于即将开始的海试大战。为了鼓舞、振奋队员们，激发他们的斗志，始终让大家保持一种昂扬的临战姿态，现场指挥部采取了种种措施，举办了丰富多彩的文化活动，把整个航渡期间搞得热热闹闹……

值得一提的是，海试队中还有一名编外队员——一只麻雀，大概它在港口飞到了船上，起航时没有离开，竟随着"向九"来到了太平洋，再也没有力气飞回陆地了。大家发现它停在甲板上层，望着茫茫的海水，孤单而悲凉，十分心疼，便不断地撒些面包渣、大米粒，期盼这"第97名队员"与大伙同舟共济。

水在流，船在走，时间在行进……

7月10日凌晨3时30分，"向阳红09"船在北纬18度27分，通过了国际日期变更线，海试团队将在大海上渡过两个2011年7月10日。这是一般人难以遇到的经历，也是非常有意义的体验。当天夜里，现场指挥部组织了纪念活动。50多名队员毫无睡意、兴致勃勃地聚集在甲板上，准备好了漂流瓶，计划在母船越过日期变更线那一刹那，将它抛向大海。

据说在古代，漂流瓶是人们穿越广阔大海进行交流的有限手段之一。密封在瓶中的纸条往往包含着重要的信息或者衷心的祝福，它们随着瓶子不知道将漂向何方，被何人捡到，充满着未知的神秘气息。

得知要在日期变更线上开展投放漂流瓶活动，海试队员们充满了浓厚的兴趣，纷纷找来密封瓶子，装上神秘的纸条，有的写着："让大海作证，公元2011年7月，中国的'蛟龙'来了！"有的写上："祝福我的祖国繁荣昌盛，祝福我的家人幸福安康！老婆，我爱你！"还有的直抒胸臆："我随"蛟龙"下大洋，保佑我的父母、妻儿平安吉祥！捡到这个瓶子的，请与我联系，假如我还活着，一定与你交朋友！"……

中央电视台报道小组对这项活动进行了6分钟的现场直播。

临时党委书记刘心成即兴发表感言："这或许只是平凡的一天，但对于我们海试队员来说，却注定是人生中具有意义的一天。一样的7月10日，不一样的生活状态。重复了是日期，重复不了的是时间。难忘这一天，不仅仅因为我们跨过了国际日期变更线，更重要的是我们距离梦想又近了一步。大家手里都有一个写着祝福的瓶子，一会儿让我们倒计时，一齐抛向大海吧！"

"好啊——5、4、3、2、1，嗷——嗷 --—— "

时间到了，大家一片欢呼，涌向船舷，纷纷用力把手中的密封瓶向大海扔去。虽说周围是一片漆黑的海面，人们心里却充满了阳光……

3. "老轨"和他的兄弟们

越过了国际日期变更线，距离预定试验海域越来越近了。"向九"船加足马力，以14节的航速乘风破浪向前驶去。这对于这条30年船龄的老船来说，已经是最高速度了。负责保证主、辅机正常运转的母船轮机部，肩头上承担着巨大的责任和压力。

轮机长刘军带领他的工友们，日夜轮班忙碌在闷热而嘈杂的机舱里。

他年纪不大，但技术精湛、为人真诚，工作相当出色。他是青岛人，1983年高中毕业被招录到北海分局轮机培训班学习，毕业后就干上了这一行。他好学上进，几年时间便从普通机工考上了轮机长。他生得人高马大，性情豪爽，平常爱剃个光头，如不是戴着一副近视眼镜，简直有点像"花和尚"鲁智深。但实则他是个细心人，对本职精益求精，对工友亲如兄弟。尤其接回改装成载人潜水器母船的"向九"后，他和机工们就是为"蛟龙"号而生。

船上有左、右两台主发动机，各 9 个缸，单机功率可达4500 马力，是我国现役最大的柴油重机。它们像两条有力的长腿，为"向阳红 09"船远征大洋提供强大动力。除两台主机外，动力系统还包括传动轴系、可调桨系统、艏侧推、舵机及其控制系统等，是船舶各设备中的重中之重。然而，"向九"船上因为动力系统过于老迈，以至于需要高度警惕其频发"心脏病"。

如果说动力是心脏，电力则如同血液。一旦供血停止，所有器官都会停摆。向九船上共有 4 台发电机，它们被称为副机。1 号副机是建船时安装的，由于老旧，目前只能发电 150 千瓦左右。2007 年"向阳红 09"船被定为"蛟龙"试验母船后，加装了 3 台 500 千瓦的发电机。如果三机并行，可提供 1500 千瓦电力。正常航行时，耗电量约为 500 千瓦；启动 A 形架布放、回收潜器，又会增加 200 千瓦左右。每次任务时，2、3、4 号副机都会同时开启，但其中一台专供艏侧推，以维持船身姿态，所有电力其实都要由另外两台副机提供。此外，A 架吊着 20 多吨重的"蛟龙"号外探，随着船体晃动颠簸，瞬时电力负载还可能突然增大。

除动力、电力以外，船舶生活保障系统也是轮机部工作的重要部分。其中，3 组中央空调的运行，为在炎炎夏日出海的科考队提供了良好的工作、生活环境；海水淡化装置，通过反渗透方式，从海水中提炼淡水，满足全船日常生活及设备所需。哪方面出了问题，这日子都没法过。

当 1000 米海试开始时，技术咨询专家组长于教授特意找到轮机长舱室："我只是想提醒一句，潜水器回收时要高度注意别断电。日本曾有一台无人潜器，回收过程中突然没电了，结果丢失在大海里。"

这句话牢牢印在刘军脑海里，给他本来就十分敬业的性情中，更增添了一重责任感。每当"蛟龙"号下潜海试时，他都与大电、值班机工守候在机舱里，两眼眨也不眨地盯着配电盘。有一个令人感慨且感人的事实：他们参加了连续几年的几十次深潜试验，却从没有一次看到过"蛟龙"号出水的壮观场面。

这是一群"乐在天涯战恶风"的汉子。

除了他们的头儿刘军外，大管轮董文连、二管轮刘春风、三管轮刘吉月、机工长杨焕亮、大电于春璞等等多数都是当年的海军战士集体"兵转工"的，他们脱了军装还是一个兵，在平凡岗位上坚守着对祖国的忠诚。轮机舱与起居甲板一门之隔，却是两个世界。推开舱门，50 摄氏度的热浪扑面而来，令人窒息，即使啥事不干，身上也会顿时湿透。同样让人难以忍受的是震耳欲聋的机械轰鸣声，人们相互交流必须贴着耳朵大吼……

还是在"漫长"的 7 月 10 日这一天，早晨 6 点来钟，东方海天刚刚露出鱼肚白，"向九"船正常航行在太平洋的深处。

机工长杨焕亮像往常一样对几个特殊舱室进行巡视，当他来到位于后甲板的舵机间时，忽然发现2号舵机油泵的电机声音异常，他立即蹲下身子仔细听了听——的确不对，马上打电话报告给了轮机长。

24小时都竖着耳朵的刘军闻言，立即赶过来查看，确定异响来自电机轴承部分。船舶在海上正常航行，主、副机和舵机三位一体，缺一不可，机械设备必须随时处于"零"故障状态。他们决定暂时放下别的工作，组织人员抢修舵机，先将2号舵机转为1号舵机工作，再全力攻关。

舵机舱位于后甲板的下面，平常半封闭，白天顶板被大太阳晒透，温度可达50多度，在那儿站一会儿都会出一身汗。且它又处在船艉部的最后，被海浪摇晃得也最严重。刘老轨带着四个人简单吃了早点就下到机舱，拆下油泵的电机总成，吊运到后甲板。经解体检查出，由于电机轴承座的间隙过大，造成轴承滑动传出磨损噪音，必须抓紧修复。

头顶烈日，身披海风，轮机部在后甲板上展开了热火朝天的抢修。从早上一直没停下来，中午轮流吃饭，连续7个多小时，出汗太多，一个个都不同程度地出现了中暑现象。702所维修潜水器的顾秋亮、张建平和邓国清三位老师傅看到了，也前来帮助，并且根据丰富的实践经验，提出了合理化建议。刘军感动地说："谢谢、谢谢你们了！"

"谢什么，现在咱们不是在一个海试团队中嘛！没有单位，只有岗位，我们是一家人，有事尽管说。"

就这样干到下午3点多钟，他们终于将2号舵机修好了，恢复了正常运转。

对于"向九"船刘"老轨"和轮机部兄弟们的这种战斗风采，我是有切身体会的。

2014年夏季，已经成功完成7000米海试的"蛟龙"号，开展试验性应用科学考察，我有幸作为一名科考队员，跟随团队前往太平洋去探海，正好经历了难忘的一幕——

由于躲避8号台风"浣熊"，工作母船老"向九"绕道行驶延长了航程，开足马力高速奔向预定海域。7月11日晚上12时左右，忙碌了一天的人们陆续进入了梦乡。忽然，一阵"咚咚"的声音传来，惊醒了住在机舱附近的队员。怎么啦？这像是铁锤在砸什么东西，仔细听听，没有广播说是有事情啊，也没见船上有什么异常现象。大家翻了一个身，又都放心地睡去了。

第二天一早，我走进驾驶舱去看看，正遇见陈崇明政委，一见我就说："许老师，昨夜我想叫你呢，又担心影响你睡眠……"

"哦，有事吗？"我连忙问。

"一台主机坏了，'老轨'带领轮机部干了一个通宵，那场面太感人了！"

啊，过去在材料上看到过他们"火线"抢修的事迹，如今就在身边发生了，那我得去采访一下。得知机器已修好，他们刚刚休息，我才止住脚步。但职业的敏感还是让我尽快了解到了来龙去脉，深夜铁锤声也找到了答案，一种敬佩之情油然而生……

原来，7月11日这天晚上10点半，正在机舱值班的机工王代云认真巡查，发现左主机第7缸排气阀声音不对劲儿，赶紧打电话给轮机长刘军。他听后二话没说立刻赶来，蹲下身子，把耳朵贴上机器倾听，"嚓嚓嚓……"像是金属"硬碰硬"的声音，判定某零件出现卡磨，当即决定关停左主机，连夜抢修更换。

他正想下通知，轮机部全部14名成员除了3人值班外，剩下的大管轮董文连、三管轮殷炳伟等人全来了。原来他们听出停了一台主机，感觉有事，纷纷来到机舱——这就是"向九"船的好传统，也是轮机长以身作则带出的好队伍。多年来，刘军不但技术精湛，爱岗敬业，还十分关心他人，对轮机部的成员们像好兄弟一样，大伙儿愿意跟着这样的人干。2014年5月，他被评为全国五一劳动奖章获得者。

我刚上船时，曾想了解各方面情况，陈崇明政委引领我去机舱参观——平常不准外人进去，因为里边全是运转的机器，管线纵横，又闷又热，危险而艰苦。果然一进门，"轰"一声，我就被热浪和声浪包围了，几台机器气缸不停地运动，各种管路阀门密如蛛网，当面说话听不清，只能对着耳朵大喊。高温更是如影随形，好似蒸"桑拿"。我只不过走一趟看看便一身大汗，如今这些轮机将士却是抢锤奋战，人人都是汗流浃背，浸透工装。

按说主机刚停温度还很高，需两三个小时才能冷却，可"蛟龙"号科考重任在肩，时间宝贵，刘军一声令下，将11人分成两个班，一班去吊配件箱，一班去拆卸旧机件。气阀箱很重，用四个75mm的大螺栓固定，需要套上梅花板手，用大铁锤砸松卸掉。机工姜风海、祁伦弟等人冲上去轮番"轰炸"，"咚、咚……"这就形成了海上深夜铁锤声，令不明就里的人疑惑，其背后却深藏着动人的故事。

机舱如同火线。现场总指挥刘峰、临时党委书记刘心成和政委陈崇明、船长陈存本听说了轮机部的"火线"抢修事迹，分别前去看望慰问，还送去了几箱矿泉水，劝他们歇歇喘口气。他们只是笑笑，举起矿泉水"咕嘟咕嘟"喝一通，继续一鼓作气地干着。

也许有人会问："船舶是不是缺乏维护？"事实并非如此，因为对于一条30多年船龄的老船来说，如同人到了七老八十，机能减退，再怎么维修也难免有恙。今年执行"蛟龙"号试验性应用科考任务时，"向九"船刚刚完成了黄渤海断面调查，6月16日才坞修出厂，21日就要出航。轮机部抓紧加油、上物料备航，每天在青岛码头上忙到夜里12点才回家，只能边航行边加强巡视检查。为了弥补台风耽搁的时间，全速前进的老船，出点毛病并不奇怪，关键是怎样对待。

自从改装成为"蛟龙"号试验母船那天起，轮机部就提出了"精品轮机，动力第一"的口号，绝不能因为轮机设备的事儿，耽误海试一秒钟！说到做到，他们精心备航，检修维护，航行中更是24小时像猎人一样瞪大眼睛、竖起耳朵，加强巡视。那是在南海3000米级海试时，例行检查中突然发现右主机第9缸火塞环断了5根，无法正常开车，而指挥部已经下达了第二天"蛟龙"号下潜的任务，需要使用这台右主机。

轮机长刘军振臂一呼："干！"带头冲了上去。机器刚停，排烟管上温度达到上百度，没有时间等待冷却，他们就戴上厚厚的手套轮流拆卸、吊装。还是这个王代云，身体较弱，干着干着竟一阵头晕迷糊过去。刘军赶紧让人把他抬到安有空调的集控室，等他稍稍清醒了，让他回房休息，可他坚决不同意，喝了一口水又走上了机台。整整抢修了一夜，顺利排除了故障。天亮后总指挥问能不能下潜海试？刘军拍拍胸脯："没问题！"

今天也是这样子，一直紧张忙碌到早晨七点多钟，11个人干了近10个小时，连续排除几个故障。一合电闸，哈！这台主机终于又欢唱起来了。刘军和机工们看看自己的"阵地"上，除了拆卸下来的旧配件像个"俘虏"外，还有一地横七竖八的矿泉水瓶子，宛如激战过后留下来的炮弹壳。好家伙儿，一连"消灭"了整整三大箱矿泉水，竟没一个人去上厕所，全变成汗水了，可想而知战况是多么激烈。这时去趟洗手间，尿出来的尿都是发红的……

是谁说，这是崇尚金钱、没有激情的年代？是谁说，这是贪图享乐、缺乏理想的社会？不！请看看这些普普通通而富有责任心的船员吧！他们的所作所为就是对"中国载人深潜精神"的体现与弘扬，他们与"蛟龙"号研发者和潜航员一样，肩膀上承担着建设海洋强国的重任，心胸里激荡着对祖国和人民的忠诚。平凡岗位蕴伟大，英雄本是寻常人。致敬，"向阳红09"船的兄弟们！"蛟龙"号的光环里，也有你们的心血和汗水在闪耀。

对于现代船舶来说，轮机就是它那永远跳动的心脏，源源不断地提供着动力和活力。如果在茫茫深海大洋上，发生了轮机故障，甚至失去了动力，尤其再遇上台风大浪，那等待这条船舶的将是灭顶之灾。因此，轮机和轮机长显得尤为重要。

"精品轮机，动力第一""绝不能因为轮机耽误海试一分钟"——这些口号已经成为轮机部的座右铭，从维修保养、到精心操作，倾注了他们全部的心血和汗水。如今，远赴太平洋实施5000米级海试，不靠港往返航行10000多海里，对轮机的维修保养要求更高，更严格。起航以来，他们克服机舱高温、高噪音和船体颠簸等困难，昼夜值班，加强巡视，及时发现并排除故障，当别人晕船趴下的时候，他们却在大风浪中冒着 50 多度高温检修，一身油一身汗，工作服干了湿、湿了又干，一道道汗渍活像沙滩上翻滚的白浪花。

"全船谁都可以倒下，轮机部不能倒下！"钢铁汉子刘军掷地有声地说。

7 月 14 日凌晨两点钟，轮机值班员在对中舱正常巡视时，听到中央空调压缩机声音异常，冷藏员魏宝然和机工长杨焕亮闻报马上赶来，经检查是压缩机阀片破损了。为了保持一个凉爽舒适的生活环境，不影响居住在中舱和后舱 30 多位队员的休息，他们俩决定对压缩机解体更换阀片。不一会儿，轮机长刘军、电机员李章华也穿好工作服投入进来。

天亮早饭后，临时党委书记刘心成得知了情况，赶往中舱看望大家并指挥抢修。刘书记曾在人民海军服役近 40 年，当过轮机兵、机电长，直至负责军舰装备的部长、基地保障司令员。他十分熟悉船舶机舱状况，关键时刻能帮到"点子"上。他常说"发现问题是水平，解决问题是能力。"这给刘军极大的启迪。

经过如此紧张忙碌的抢修战斗，中午时分中舱空调全部修好，恢复正常工作了。为了防止类似故障再次发生，刘军带领机工利用单主机航行的机会，对左主进行预检修，打开扫气箱查看运动部件，检查活塞环与缸套的磨损，清理活塞顶和扫气箱的积炭，对 3 号和 7 号的排烟管胀圈和黄铜垫子进行了更换。

三天后，当试验母船载负着"蛟龙"号和海试团队，平安驶达试验海域时，载人潜水器5000米海试现场指挥部和临时党委联合发出通报，对"向阳红09"船轮机部门进行表彰。

4. "蛟龙"打游击：奋力一搏 5000 米

太平洋上不太平。

多少年来，这句话是对国与国之间在海洋上的角逐与争斗的准确形容。然而，自然界的太平洋，更是名不副实，充满了云诡波谲和波翻浪涌。无风三尺浪，有风浪滔天，犹如丝毫不知疲倦的巨兽，永远是蠢蠢欲动，没有一点太平的样子。

2011 年 7 月 15 日晚上 8 时，我们"向阳红 09"船经过 15天又 4 小时的航行，安全、顺利到达北纬 10 度 07 分、西经 154度 13 分预定试验海域，在夏威夷主岛方位 175 度、距离该岛550 海里的我国多金属结核合同区内，与 14 日晚上先期到达的广州海洋地质调查局"海洋六号"科考船会合。"海洋六号"执行大洋第 23 航次科考任务，前期配合"向九"船进行"蛟龙"号海试，担任警戒和试验海域海洋环境参数保障。

此时的东北太平洋，面临着更为险恶的天气海况。就连专门负责气象保障的海洋天气预报中心预报员苏博，都紧锁眉头，暗暗叫苦。早在5000米级海试筹备之初，选定试验海区时，经过前几次海试历练的苏博，做足了功课。他认为这里往年7月份大多平均风速每秒钟7米，涌浪高1.5米。这是两个让人放心的数字。并且他请教到过这片海域的航海人，都说这个季节里风平浪静，有时海面甚至像镜子一样。他据此上报领导小组，大家对此次海试的海况都报有较高的期望。

不料，事与愿违。及至来到了试验海区，才发现气象情况与预想的大相径庭。当初预报员们考虑较多的局地强对流天气和热带气旋并没有光顾，而持续强劲的东北风和成片成片的白浪花一直肆虐，根本看不到过去人们描述的那种平静情景。有经验的航海人都知道：海面上翻起一片白花了，风力起码在6至8级以上，而大浪也在4至5米左右，不符合海试条件。是什么原因造成异于常年的状况呢？

这片海域位于东太平洋副热带高压南缘，受其影响常年刮东北风，气象学上称为东北信风。平时副高压在夏季加强北抬，冬季减弱南落，由此带来的东北风也是夏季较冬季要小很多。但今年7月东太平洋副高压的强度指数较常年平均值偏高，而位置也略偏南，从而造成了此海区东北风比历史同期要强，海况也就更加恶劣了。

连日来天气持续电闪雷鸣，暴雨如注，东到东北风6—7级，浪高2—3米。这导致船舶颠簸剧烈，不少队员晕船了，别说布放"蛟龙"号正常下潜作业了，就连在船上行走维护都受到了严重影响。这天，安装保障组在后甲板检查，突然一个大浪打得船体横摇，一只几百斤重的油桶发生飘移，如同滚石下山一样向绞车撞去。702所的技工师傅张建平一个箭步冲上去，奋力阻截，砰地一下，设备安全了，可他的左手无名指被严重挤伤，鲜血直流……

"啊！张师傅受伤了，快找医生。"

"没事没事……"张建平强忍剧痛，被同伴扶着来到了医务室。随船医生连忙为他消毒、止血，缝了3针，又叮嘱他不能再干了，防止感染。可张师傅执拗地说："我的岗位我最熟悉，海况这么差，别人干我不放心啊！"

"战场"情况有变，必须审时度势。7月18日晚上，海试现场指挥部召开了紧急会议，研究下一步工作。随船气象员苏博定时利用海事卫星接收气象资料，认真分析判断，做出准确的气象和海况预报：5日内海试区域没有好转迹象，而在南部几个纬度外，有一条由北半球的东北风和南半球的越赤道东南风组成的赤道辐合带，俗称赤道无风带，周围的风力小于五级，可以作为备选海域。指挥部据此认真分析，并报请北京领导小组批准，决定试验母船向南转移，择机海试。

一声令下，"向九"船顶着狂风巨浪向南开拔了，与风浪周旋打起了游击战。同时，指挥部要求各部门在航渡期间做好准备工作，船到目标区域，立即组织下潜。由于"蛟龙"号载人潜水器采用无动力下潜上浮原理，安装压载铁是每次下潜前一项基本保障工作。它既需要一定技巧，又是一个重体力的活儿，况且母船一直是在狂风恶浪中航行，难度就更大了……

　　此前，就是在一次安装压载铁时，后甲板上摇晃很大，当升降车把一块重达260公斤的铁块送到潜水器舱口时，发现螺栓尺寸有误——这是个低级错误，当晚指挥部提出严肃批评，但现在必须暂停安装紧急更换，一个大浪使升降车倾斜，"咣！"地一下，压载铁从2米高处跌落在甲板上，把人们吓出了一身冷汗，幸亏没有碰伤人员。来不及后怕，他们冒着风险又冲了上去。

　　大雨再次不期而至，甲板上更是湿滑。怎么办？明天下潜不能耽搁，今天必须完成安装。风雨浇不熄海试队员的工作热情。安装保障组在副总指挥崔维成的组织下全体出动，就连潜航员、水面支持系统、船上实验部人员、安全总监张艾群、总指挥刘峰、书记刘心成、专家组长于教授全都自发来了，整个后甲板上下聚集了30多人，心往一处想，劲往一处使。

　　主岗上的张建平挥舞着还包扎着绷带的手，一边指挥，一边与队友们一起抬起200多公斤的压载铁，放到叉车上。另一位老技师顾秋亮稳稳地驾驶着叉车，开到"蛟龙"号安装位置。压载铁在叉车上一路打滑，众人赶紧冲上去肩扛手推，使其乖乖就位。紧接着，张建平、邓宝清爬上脚手架，指挥升降车前进后退，将压载铁顺利安装上去。这时风雨更大了，好似太平洋的海水被风卷上天又倾倒了下来，在场人身上没有一块干地方了。但是大家毫不在意，一鼓作气把两侧压载铁全部装好。

这时，有人抹了一把脸上的雨水，风趣地说："看，老天爷都感动地哭了！"

"哈⋯⋯"引来一片自豪的笑声。

经过一天一夜的全速航行，海试队于7月20日早晨安全到达了备选海域，果然这里相较原先那片海，就属于风平浪静了。按计划，要马上开展下潜。本潜次主驾驶还是叶聪，崔维成、杨波随同。任务包括：无动力下潜上浮试验；均衡试验；重点复核超短基线定位功能和接地检测；潜水器推进、供电、姿态调节、液压、控制、声学、生命支持等试验；视潜水器状态进行取水样作业。

8点30分人员各就各位，央视报道小组开始现场直播。一切就绪后，"蛟龙"号于9时10分注水下潜。与海面上相比，几百米、一千米的水下，反而风波不兴，一片安宁。5000米海试的首潜之战打响了，一路顺风顺水，11时09分潜至3759.9米，超过了去年的下潜纪录。11时26分，"蛟龙"号到达了

4027.31 米的深度，悬停、巡航，开始了各项试验。

曾经困扰海试的水声通讯系统，在中科院声学所的积极努力下，在朱维庆、朱敏研究员为首的海试小组攻关下，已经十分成熟，大显神威。在 4000 米的海水下，成功地与母船进行数字通信，传回多幅清晰的深海图片，其中三名试航员的全家福笑脸，喜庆感人。央视记者王凯博还与叶聪进行了语音通话。

由于海试区域与北京时间的时差关系，央视直播正是北京凌晨 5 点钟，很多人包括国家科技部和海洋局的领导们都是半夜爬起来观看。首潜成功，大快人心！

这一次虽然还没有突破 5000 米的深度，但，是一次理想的预演：试验了各项功能，发现了需要改进的问题，掌握了正确配载的基数，充分验证了 3000 米级海试以来维护升级所取得的成果，为冲击 5000 米大关奠定了基础，增强了全体参试队员们的信心。此后，避开风浪，寻找最佳海域试验成为一种常态。

然而，太平洋的风浪，就像人还在心不死的敌军一样，是不会善罢甘休的。这不，当前方与后方都在庆祝今年成功第一潜时，它悄悄地、恶狠狠地卷土重来了。

按计划，7 月 21 日将乘胜前进，实施本航次的"蛟龙"号第二潜，去创造深潜 5000 米的新纪录。同时，中央电视台等各大媒体也发出了消息：中国"蛟龙"将冲击 5000 米深度。国家海洋局准备下潜成功后召开新闻发布会。举国上下，乃至全世界都充满了期待。昨天晚上，现场指挥部下达了指令，各部门做好了准备。

早晨 5 点刚过，天还黑着呢，"咚、咚、咚"，总指挥刘峰听到一阵急促的敲门声。会是谁呢？这么早。"刘总，天气有变，风力加大了！"

刘峰听出是气象预报员苏博的声音，黑暗中，赶紧摸索着穿上衣服，开门走了出来："慢点说，怎么回事？"

"风比预计的来得早了，现在已经加大到了 6 级，浪也到了 2 米。而且根据最新卫星云图预测，未来三五天都不会好转。"苏博怯生生地说，生怕因为预报出现了反复，影响试验。

刘峰的第一感觉就是赶快核实情况，习惯性地跑到指挥部的气象显示屏前。风速 11.7 米 / 秒，有时达到了 14 米 / 秒。他赶紧再跑到驾驶室观看，海面上已经翻起白色的浪花，说明风力至少 6 级，浪高达到了两米以上，几乎超出了海试的临界点。

不一会儿，刘心成书记也来到了驾驶室。这是他的老习惯了，每天起床后第一件事就是上来了解、查看船舶运行状况。见此海况，同样充满了担心，他与刘峰交换了看法，决定马上召开指挥部和临时党委会扩大会，邀请各部门负责人和潜航员参加，讨论是否继续海试。

会议一开始，两种意见针锋相对。一派说："现在已经是箭在弦上，不得不发了。国内外都知道咱们要冲击 5000 米，如果停了，那不成了国际玩笑了。"

"是啊，这里是有个影响问题，别让人说咱说话不算数。再说，这种海况还没有到极限嘛，我觉得应该下！"

另一派意见认为："不行！不能下！我们要尊重科学，任何时候都要以安全第一。虽说预报今天冲击 5000 米，大家都在热烈期待着，可也不能蛮干呢！"

"对，我们搞试验不是面子工程，更不是为了作秀，而是实打实地研制一台国家需要的载人深潜器。如果天气海况不好，宁可等待……"

良久，大家的目光集中在总指挥和党委书记、专家组长身上。实话说，他们此时很难做出决定，不仅仅是新闻界已经做了预报，吊起了人们的胃口，还在于海试时间的紧迫性——只有 15 天，据预测这个月的天气难有改善，弄不好就完不成试验任务了。

下，还是不下？这个难题如同海浪不停地拍打着船舷一样，冲击着几位指挥员的心胸，也在检验着决策者的胆识。

经过一番热烈地讨论，刘峰与刘心成、于杭等人交换了一下意见，下定了决心："综合全面考虑，我们决定取消今天的下潜任务！各部门做好善后工作，央视报道组据实向全国人民说明，原因就是海况不符合试验条件。这，正是'严谨求实'的中国载人深潜精神的具体体现。"

刘心成接着说："临时党委完全支持总指挥的决定！同志们，

我们退一步是为了更好地进一步。科学来不得半点侥幸，我们要在保证安全的前提下，打好每一仗！"

当天晚上，国家海洋局党组书记、局长刘赐贵和副局长、海试领导小组组长王飞等领导同志在北京通过海事卫星连线，与"蛟龙"号海试团队视频对话，一是祝贺他们顺利完成首潜并取得4027米的新纪录，二是向全体海试队员表示亲切的慰问。

主持人王飞副局长说："今年5000米海试牵动着全国人民的心，也引起了世界的关注。海洋局作为组织实施部门，局党组尤其是刘局长用自己的实际行动，体现了对你们关心、关注和关爱。刘局长马上要出差，得知今天因为天气原因取消了试验计划，担心你们有急躁情绪，在去机场前，还想到与你们视频连线，与大家谈心。现在请刘局长讲话。"

母船会议室里，响起一片掌声。刘赐贵摆摆手笑着说："不是什么讲话，就是跟大家聊聊天。昨天看了第一潜的现场直播，我与全国人民一样，感到很振奋，向你们致敬！叶聪在吗？"

"在！"

"讲讲你在水下的感受？"

"好的，刘局长。"叶聪代表试航员讲述了下潜情况，并说一定认真准备，耐心等待天气好转，拿出最好的技术水平和精神状态去执行接下来的任务。

当他说到东北太平洋的海底温度较低时，引起了刘局长的关切，马上问道："是你们在水下感觉寒冷吗？"

"不不……"叶聪赶紧解释，"是与前两年在南海相比较，感觉这边温度低，但我们在舱内有足够的保暖措施，没问题"。

这是一次拉家常式的慰问，气氛轻松活泼。海洋局领导们亲切询问船上有无人员生病，是否有蔬菜吃，能不能看上电视新闻。刘峰总指挥和刘心成书记一一做了汇报，并对领导的关心表示了感谢。而后刘赐贵局长语重心长地说："今天得知由于天气原因，海试将推迟几天，很想念全体队员，与大家一起聊聊。我昨天凌晨三点钟起床观看你们下潜的过程，回收的时候，也看了直播，感到很振奋。你们创造了历史，去年下潜到3759米，昨天是4027米，是创纪录的历史时刻。当看到3位试航员出舱时精神饱满，我们也感到很高兴，向你们致意。在临时党委和现场指挥部的领导下，你们做得很好。

"这几天全国人民都很关注，新华社出了内参，网民都很关心你们，反映都很好。昨天也有人询问，怎么4027米就回来了，不是说5000米吗？说明全社会都很关心这次试验。你们到达试验海区6天来，在党委和指挥部的领导下，形成了一个整体，相互鼓励、支持和勉励，做了充分准备工作，才有了昨天阶段性的成果。我们期待着第二次、第三次下潜，将分别标志着我们有能力下潜到5000米深海和有能力进行科考的应用。每一次下潜都有不同的意义。

"我们期待的心情和你们是一样的。但是也要提醒你们克服急躁情绪，保持冷静，把工作做细，把细节做细，既要有决心、信心、还要有耐心、细心，把细节做好，海试才会圆满。我和王飞副局长很牵挂你们，所以和你们见见面，希望你们在绝对保证安全的前提下，保证"蛟龙"号一切状态良好的前提下，按照计划组织下潜试验。海试领导小组将尊重现场指挥部的一切决定，国家海洋局党组也尊重你们在前线的一切决策。今天看到你们的精神状态很好，专家顾问的身体很好，我很高兴。向你们表示慰问，向96位队员表示问候，向于教授表示致意。

"你们在做一件伟大的事业。对人类来说，海洋还有很多的未知需要去探索。太平洋占了地球的一半，对太平洋的进一步认知，就是对地球的认知；对地球有了更多的认知，才会去保护、开发和利用地球。你们对海洋的探索是很有意义的，不仅体现在深度的增加，也体现在国人对海洋认知度的提升。我们期待你们更多的好消息！"

犹如海外游子得到了祖国、家乡亲人的慰问和鼓励，海试团队由于天气原因不得不取消海试的不快、迷惘与受挫感一扫而光。

2011年7月25日，在耐心等待了四天之后，现场指挥部抓住了一次风力稍弱的战机，决定进行"蛟龙"号第41潜次试验。为了充分利用白天的时间，指挥部和临时党委决定将早餐提前到 6 点 20 分，而后立即为承担下潜任务的叶聪、傅文韬和杨波举行了隆重的出征仪式。7 时 30 分，刘峰总指挥发出了"各就各位"的号令。

"蛟龙"号沿轨道车被缓缓推出，A 型架内摆、主吊缆下放、挂钩、起吊，一连串连续动作相继完成。此时，海面风力 5 级，浪高 2.5 米，一片白浪花，船身摇摆幅度增大，潜水器在空中向打秋千一样左右摇摆。恰在这关键时刻，声学部门长朱敏报告：同步时钟信号中断，虽说对声学通信影响不大，但超短基线和应答器将失去同步，这样指挥部就不能掌握潜水器位置信息，需要潜水器返回原位检查排除。指挥部顿时觉得事情严重，此时潜水器已吊起空中而且十分不稳，再平稳地放到轨道车上谈何容易。但故障不除是不能下潜的。

刘峰总指挥命令："Ⅲ-3（A 架操作指挥员），潜水器返回。"

"Ⅲ-3 明白。"水面支持系统部门长、海试副总指挥、701 所高工余建勋应道。

就在操作"蛟龙"号归位坐墩时，由于摆动幅度大，底部后支架与轨道车发生碰撞，造成了支架损坏，但不影响下潜。同步时钟故障很快排除了。指挥部再次下令："各就各位，准备下潜！"

一波刚平，一波又起。水面支持系统部门长余建勋提出申请报告："现在海况变化，超过海试大纲标准，建议取消今天的海试计划。"

指挥部不同意。余建勋急得脸色煞白："风大浪高，潜水器吊在空中摇摆不定，万一碰撞出事怎么办？我要求召开指挥部紧急会议，研究一下再决定。"

这位余工，是中船重工集团第701所的高级工程师、研究员，人生得瘦高文雅，眉清目秀，俨然一介白面书生，但干起工作来严谨细致、精益求精。他从"蛟龙"号立项就在所长吴崇建的带领下，参与水面支持系统的设计、研制和操作了。从轨道车到A形架，每一颗螺丝、每一条钢缆，他都倾注了大量的心血，对水面支持系统了如指掌。海试几年来，他始终一次不落地跟随出海，精心操作，保证了"蛟龙"号的安全布放与回收。正像他的名字一样，他为海试建立了功勋。

然而，余工也有一个性格上的特点——过于谨慎——可能是责任太重大，实在放心不下。也就是说他的优点是谨慎，缺点是太谨慎了，每次下潜海试前夜，他都特别关注天气海况，反复找预报员小苏核实。即使这样，他仍然担心第二天天气变坏，给海试带来麻烦，往往失眠，只好去找船医傅晋领医生要安眠药吃了，才能休息会儿。当然，这一切都是为了更好地工作，是一种责任心的表现。遇到今天这种情况，他的忧虑之心又像海潮一样地浮上来了。

刘峰总指挥同意召开紧急会议。几分钟后，临时党委、现场指挥部、专家组成员全部到齐。刘峰主持，简短说明了情况，请大家发表意见。余建勋首先表态，十分坚决地说："我们的海试大纲规定4级大风、2米浪高以下进行海试，现场海况大家都看到了，已经超过了这个标准，'蛟龙'号布放回收无法保证安全，我认为应该取消今天的下潜计划，等天气符合条件后再继续进行。"

与会人员互相看看，静静思考，一时难以下定论。稍后，大家先后发言，有的表示天气确实不好，赞同余工的意见，暂停试验吧。也有人坚持海况比上一次强些，准备充分，认真操作，完全可以闯过去。老是这么等，将延误战机。听到大家说得差不多了，刘峰把目光转向刘心成书记说："司令，你说说吧！"

"好。"刘心成清清嗓子道，"我们要综合各方面的情况，来决定今天海试是否继续进行：一是太平洋不是我们的近海，要找一个十分理想的海况很难；二是目前的海况不好，但是属于上限；三是根据预报今后几天都是这样了；四是下潜标准是2009年以前制定的，那时我们还没有进行海试，没有任何经验，标准定得比较保守。今天我们的团队经过1000米、3000米锻炼，无论是操作技能还是相互配合能力都已今非昔比，只要发挥我们团队的集体智慧和力量，精心操作，胜算的把握是有的。因此我支持今天继续海试。如果有问题，我和总指挥一起承担责任。"

如此分析，一团迷雾中见了光明。会议气氛变了，下潜派占了上风。大家反过头做余建勋的工作："是啊，老余，经过几年的摔打，你们翅膀早硬了，相信能抗过去这点风浪。""不用担心，我们全队与你在一起……"

　　这是刘峰作为总指挥的行事原则：重大决策前，总要认真听取各种不同意见。这一过程，实际上是统一认识、统一思想的过程，也是增强大家信心和决心的过程。最后，刘峰总指挥看了看表，把心中早已形成的决定毫不含糊地表达出来："我完全同意心成书记和几位同志的意见，既要充分认识海况带来的困难，又要相信我们团队的成熟与能力。余工的意见也有一定道理，提醒我们今天的下潜要更加严格地履行操作规程，不得有任何的疏忽。时间紧迫，不再继续讨论下去了，我宣布，给大家 15 分钟准备，继续进行下潜试验。"

　　"坚决完成任务！"各位与会人员包括余建勋纷纷表态，立即起身，匆忙返回自己的岗位。

　　当地时间 9 时 15 分，重新"各就各位"。好一个余工，虽说他的暂停意见被否决了，但通过讨论，他完全服从指挥部的决定。而且为了保险起见，他接替了主操手的工作，亲自操作轨道车和 A 型架。带领他的队员也是他的徒弟们——丁忠军、史先鹏、李德威等人，精心操作。只见他头戴安全帽，背着操作盘，站在不断晃动的船艉甲板边上，眼睛一眨不眨地盯着"蛟龙"号，随着风浪的波动，准确果断地按着电键，操作主吊缆、止荡器等设施——按要求就位、脱离。

9时38分，"蛟龙"号安然入海，水面检查正常后，开始注水下潜。整个过程非常顺利，潜航中潜航员密切观察，谨慎操作。水声通信大显身手，不断把潜水器的各种参数上传。10时21分到达1000米深度，之后2000米、3000米，11时40分到达4072米，超过了前几天创造的记录。在指挥部大屏幕显示"蛟龙"号下潜到4992米时，大家都准备欢呼了，好像老天爷故意与海试队员过不去，这一数据因为试航员与声学控制室通话而没有及时刷新。大家无奈地焦急等待，直至显控器上数字突然刷新为5038米。现场顿时沸腾了！

紧接着——12点17分，大屏幕显示达到了5057.541米，创造了中国载人深潜的最新纪录！成功了，我们成功了！母船现场指挥部、声学控制室欢声雷动，掌声经久不息，总指挥刘峰和党委书记刘心成紧紧拥抱在了一起，声音哽咽，热泪盈眶！中央电视台报道小组及时现场播报，女主持人王凯博激动得声音变了调："各位电视机前的观众，我们在东北太平洋上向大家报告：就在刚才北京时间6时17分，中国'蛟龙'号载人潜水器突破5000米大关，最大下潜深度为5057米，成为世界上第五个达到这个深度的国家……"

虽说国内正是清晨时分，但还有不少守候在电视机前的各界人士，听到这个消息，一片欢腾，为祖国取得的又一高科技成就而无比振奋、欢欣鼓舞！

接下来，"蛟龙"号在试航员操作下，成功坐底、巡航，拍摄上传海底生物、地质等图片，完成了各项预定试验任务。15时20分，安全抛载上浮。

当地时间16时07分，"蛟龙"号跃出海面。母船水面支持人员，又是在余建勋沉着指挥下，克服了急涌大浪的影响，冷静应战，经两次起吊，将"蛟龙"号安全回收至甲板。下午4点半，在后甲板举行隆重的欢迎仪式。每一名试航员出舱转身向大家招手时，都引起一波热烈欢呼声。当叶聪、傅文韬、杨波展示他们携带到5000米海底的国旗时，现场又一次沸腾了，欢呼声经久不息。

试航员依次走下潜水器平台，刘峰、刘心成、于教授等人在梯口与他们一一长时间拥抱。队员们纷纷涌上来拼命地鼓掌。炊事班三位师傅也高兴地放下手中的活计，穿着炊事服跑到后甲板上，手拿饭勺、锅盖、面盆和不锈钢锅，咚咚地敲个不停——嗬，真像一幕精心排练过的喜庆交响乐。八九个人不约而同地把三位试航员高高抬起，抛向空中……

5. 惊心动魄的一幕

天气实在太差了，人们的期待和祝福面临着严峻的考验。

2011 年 7 月 29 日，试验海区上演了惊心动魄的一幕——

狂风吼叫，大雨滂沱，天空中乌云翻滚，海面上浪花飞溅，夜幕逐渐降临了。"蛟龙"号已经浮出海面，水声通讯中可以听到声音，可一直未能发现它的踪影，而它在大海上的方位又很难说清楚。这是非常危险的，如果不能及时把它回收到甲板上来，一是有可能被母船撞上，二是可能被海流推远失联。那可是凝结着几代人心血的潜水器，还有三名国宝级的潜航员啊！人们万分焦虑……

这是"蛟龙"号海试队在 5000 米级海试中的第四次下潜。由叶聪、傅文韬、刘开周执潜。试验任务是：复核液压系统、纵向调节及机械手功能；搜寻生物，用机械手捕获；对多金属结核进行高清照相摄像，抓取结核；布放标志物；对 6971 水声电话和声学数字通信系统进行拉距试验。

上午 8 时 30 分指挥部发出"各就各位"的指令。潜水器本体部门报告，需要对机械手液压管路进行扩孔，提高低温高压下机械手动作的灵活性，指挥部宣布推迟下潜 15 分钟。8 时 45 分，声学部门又报告"蛟龙"号多普勒声呐故障，需要 30 分钟排故，指挥部批准并要求他们尽快修复。

试验就是这样，不断地在一次次的失利中、出现的问题里，总结经验教训，挖根觅源，寻找解决并战而胜之的办法，然后跨过一道道关口，走向一个个胜利的。10 时整，重新"各就各位"。10 时 26 分"蛟龙"入水，13 时 28 分到达 5184 米深度，此时指挥部大屏显示潜水器舱外水温 1.4 度，舱内温度 13.7 度。14 时，"蛟龙"号布放"中国大洋协会"标志物，展开各种水下作业，15 时 30 分抛载上浮。

整个试验过程波澜不兴，一切顺利，谁也没有想到，一个重大的意外和考验在后面等待着呢！

17 点 30 分，"蛟龙"号完成试验正在上浮中，北京又一次开通了视频连线。地点从大洋协会陆基保障中心移师到了国家海洋局宽大的一号会议室。参加人员除了海洋局的领导们以外，还有外交部、发改委、财政部、国土资源部、科学院、中船重工集团的负责同志。现场拉起了一道横幅："热烈祝贺'蛟龙'

号 5000 米级试验圆满完成！"，可见大家急迫而兴奋的心情。

"向九"船上，刘峰总指挥、刘心成书记、于教授、崔维成副指挥、窦永林副指挥、陈存本船长、陈崇明政委等人在指挥室坐定。互致问候之后，刘赐贵局长说："你们进行了 4 次下潜，每次都给全国人民带来了振奋、鼓舞。这 4 次都很圆满，无论是指挥部、党委还是科学家，包括央视团队都付出了努力。海试团队的圆满成功意义深远，要认真总结经验，最终目标是 7000 米，这次胜利是阶段性目标的实现。未来的时间要围绕最终目标去思索，针对存在的问题组织研究，找出解决办法，比如采样篮丢失、机械手不好用。指挥部要研究明年 7000 米问题。预祝你们顺利，我们在江阴隆重欢迎同志们。"

王飞副局长也说："5000 米海试牵动了全国人民的心，对社会、公众到领导都产生了积极影响。要用战略眼光考虑 7000 米目标，积极准备，这一目标寓意深刻。局党组、刘局长多次在会议上强调，当前国家海洋局重中之重是举全局之力、全国之力确保 5000 米海试的成功。你们热情高涨，很好！但还是那句话，要有决心、信心，还要有耐心、细心……"

正说着，"向九"船水面支持系统人员和"蛙人"小分队报告："接到'蛟龙'号浮出水面的信号，可是天气恶劣，能见度很低，迟迟没有发现潜水器。"

啊？指挥部大吃一惊，几位副总指挥马上冲出了会议室，跑到甲板上急切地瞭望寻找。半晌，传回来的消息还是没有找到"蛟龙"号。总指挥和党委书记也坐不住了。而此时，风雨更大了，海浪翻涌使母船摇晃不止。北京方面从视频上看出端倪，王飞局长问："怎么了，是不是风浪又大了，不好回收了？"

刘峰只得实话实说："刚才接到报告，'蛟龙'号已经上浮到水面，但目前乌云密布，能见度极低，还正下着瓢泼大雨，到现在还没有发现它！"

"电视会暂停，你们赶快组织人寻找潜水器，保证安全回收！"

"是！"刘峰放下话筒，转身下达了命令："所有人员都上甲板，加强观察。在没有发现'蛟龙'号之前，稳住母船不动。"

全体队员立刻执行命令，除了驾驶室、轮机舱内值班的，包括随船记者、炊事员们都跑到前后甲板、左右船舷、一层、二层、三层平台上全都站满了人。按规定，如此之大的风雨浪涛，船舱外甲板上是不能站人的，以防被卷入大海。可现在顾不上这些了，"蛟龙"号和三名队友的安全牵动着每个人的心！

船上前后的照明设备全打开了，大家冒着越来越大的雨水海风，瞪圆眼睛，使劲寻找着、判断着海上每一个影子。此时通话还行，但就是说不准方位，看不见潜水器。指挥部命令主驾驶把舱外灯打开向天上照。然而，映入眼帘的除了海水还是海水，一个波浪连着一个波浪。"蛟龙"号，我们的"蛟龙"号，你在哪里啊？

虽说还不到 18 时，但乌云和大雨罩住了整个海面，什么也看不见。如果再过一会儿，天色完全黑下来，在波浪中寻找一只蛋壳似的潜水器，那真是大海捞针了。人们的心像压了一块大石头，沉甸甸的。

海试指挥部办公室主任李向阳，年轻沉稳，遇事不慌，一直在指挥部操纵安装在后桅顶的高清云台，反复搜索海面。他也是最早介入"蛟龙"号载人潜水器项目的人员之一，还是读博期间就在大洋办实习，跟随着刘峰等人筹划运作总体组工作。小伙子机灵敏捷，毕业后，就被留在了大洋办，伴随着"蛟龙"号的成型而成长起来。他对"蛟龙"号的熟悉和感情，一点也不亚于这些研发人员。现在，他精心操作着云台摄像头，像犁铧一样一寸一寸地翻着水面。突然一个亮点闪现了一下，他赶紧对准放大画面，哈！正是"蛟龙"号，立即兴奋地大声报告："左舷 70 度，距离 200 米，发现目标！"

消息传到驾驶台，技术精湛的陈存本船长亲自操作，迅速调整母船航向，一点点搜索接近。不一会儿，大家就发现了在波峰浪谷中时隐时现的"小胖"（"蛟龙"号的爱称，因其圆滚滚的身子而得名）。驾驶橡皮艇的"蛙人"早已下水等候了，在波浪中飘摇着。这时他们等不及母船接近，迅速拖带着龙头缆，开足马力，顶风冒雨向"蛟龙"号方向艰难航行。小艇几次差点被大浪掀翻，都被机智勇敢的"蛙人"们稳住了。一步步挂上拖曳缆拖到母船艉部，再利用一个涌浪过去的瞬间，眼明手快，挂上了主吊缆。

考验水面回收人员的时刻又到了，风大浪高，潜水器摇摆不定，一不小心，就可能撞击在 A 型架或者船梆上，使好不容易回家的"蛟龙"号受伤。关键时刻，还是副总指挥余建勋站出来，亲自担任操盘手，站在船边上，暴风骤雨像一道道鞭子似地抽打在他的脸上、身上。可他全然不顾，钢浇铁铸似地矗立在那里，在丁忠军、李德威等全体回收人员的密切配合下，干脆利索地将"蛟龙"号回收到甲板上。他们身上全湿透了，包括工作鞋里，都灌满了雨水。

身在北京海洋局大楼电视现场会议室的领导们，通过视频观看了整个惊心动魄的回收过程。此时此刻，他们再也抑制不住内心的激动，用力鼓起掌来，并通过视频连线系统，对海试团队的出色表现给予了高度的评价和赞扬。

人们常说经过了"风雨洗礼"，队伍会更成熟、战斗力会更强。"蛟龙"号海试过程，那可真是经过了一次又一次风雨的洗礼。这次出现的迟迟发现不了已经上浮的潜水器问题，引起本体总师组的高度重视。经研究，决定在"蛟龙"号上安装一部 GPS 卫星定位仪，一旦返回水面马上打开，向母船报告自己的坐标位置，这样就再也不会发生类似的惊险场面了。

6. 搏风击浪看"蛙人"

两天后——7月31日，"蛟龙"号在5000米海区进行第44次试验，也是本航次的最后一次下潜。在昨天晚上的指挥部会议上，在总结了近两天工作之后，气象预报员苏博报告："根据各种情况综合分析，31日上午风力五级，浪高2.5米，下午海况转好。"

"好，这是难得的一个'好天气'。"刘峰总指挥高兴地说，"我建议，咱们明天再做一次试验，也让两个年轻潜航员多磨练一下，划一个圆满的句号"。

刘心成书记接上说："我同意，留给我们的时间不多了，一定要抓住明天的机会，延长水下时间，争取做完全部试验项目。"

大家完全赞成，据此做出决定：7月31日上午继续海试，由于教授带领潜航员傅文韬、唐嘉陵执潜。

第二天一大早，队员们一个共同的动作就是打开窗帘，或者跑到甲板上看看海面。看到大海如同开锅一样，浪花翻滚，浪高足有两米半以上，几乎又是一个临界点，大家心情都十分沉重：这样的天气能下潜吗？果然，一贯谨慎的副总指挥、水面支持系统部门长余建勋测了测风速，与得力副手丁忠军商量了一下，提出推迟行动。

根据预报下午海况会好转，而且潜水器布放比回收相对容易，指挥部研究决定上午推迟一小时，继续下潜。

9时整，总指挥宣布："各就各位。"此时风力5—6级，浪高还是2.5米以上。轨道车移动，A形架起吊、外摆、潜水器接近水面。这时，惊险一幕发生了：一个3米高的波峰突然涌来，顶起潜水器，激起的浪花打到了甲板上，瞬间又掉了下来。主吊缆一松一紧，22吨重的潜水器加上向下的惯性，将主吊缆绷得咔咔直响。

三位试航员在舱里玩杂技似地翻滚着。好在他们都是久经沙场，不然早就晕得一塌糊涂了。海面上的涌浪一个接着一个，"蛟龙"号入水后剧烈颠簸，犹如一匹烈马，摇头晃脑，一刻也不老实。由张正云、刘绍福、冷日辉、王斌组成的"蛙人"小组，早早下海乘坐橡皮艇等候在船舷旁边。这时，王斌操纵着小艇，"突突"地顶风踏浪接近潜水器，其他几人目不转睛，寻找时机冲上去解缆。

海面稍一平静，大力水手冷正云、副攻手刘绍福同时双膝一跪，上身前倾，一把抓住潜水器上面的把手，主攻手张正云猫着腰，一个虎跳爬上潜水器，一手抓住主吊缆，一手用力一拉，解脱了主吊缆。为了防止挂碰潜水器上部的换能器，他抱住主吊缆下头部，在没膝深的水中站起身来，协助母船上 A 架操作员收缆。突然一个大浪打来，他猝不及防，身体重心失控，仰脸空翻掉入大海中……

正在母船甲板上的人们看到这一情景，都不由地大叫一声"啊！"，吓得目瞪口呆。据当时的目击者陈存本船长回忆道："整个船尾的海面掀起了阵阵白浪，又被疾风搅得烟雨蒙蒙，刹那间，天、海、人、物混沌一片，似乎已经没有任何东西还独立存在着……仿佛自己完全陷入了那战旗纷乱、人叫马嘶、狼烟四起的残酷的、野蛮的、原始的战场之中，变得没有了自己的判断和心情，一切都被这疯狂的世界强占了。我晃头镇静，捂了捂胸口，原来我的心还悬在嗓子眼。我努力睁大双眼，朦胧中，看到一顶蓝帽浮在水面，发现几十米之外一个被海浪遮挡得时隐时现的头——我们的飞人张正云暂时平安。但是'蛟龙'呢？"

此时"蛟龙"号潜水器还拉着两条拖曳缆，脱离不开母船，在涌浪的冲击下，上窜下跳，左摆右晃，如不及时解脱，后果不堪设想。众人的心一下子又提到喉咙里，想去助一臂之力，可是鞭长莫及……

关键时刻，只见副攻手刘绍福一个箭步又跳了上去，俯卧在"蛟龙"背上，像训马师一样，任凭其尥蹄子发飙、癫狂不已，牢牢稳住自己的身子，一点一点向前爬行。大浪几次使刘绍福没入水中，但他毫不畏惧，三下五除二，终于解脱了龙头缆，使潜水器挣脱了束缚，顺利下潜了。

乘胜前进，经验老到的王斌、冷日辉因势利导，操纵橡皮筋避开浪峰，从另一角度接回刘绍福，而后立即掉头驶向远处，将还在水中漂浮的张正云救了上来，值得一提的是，他还没忘了捞起那顶蓝色安全帽。站在母船上的人们这时才长长地舒了一口气。

这就是我们的海试队员。

当英勇的"蛙人"小组顺利返回时，大家不顾他们一身的海水，一个个上前紧紧拥抱住他们。这一刻，"蛙人"们咧开厚厚的嘴唇，笑了！

为了采写"蛟龙"号的来龙去脉，我曾在电视和书报材料上了解过"蛙人"的事迹，但现场实地观看他们如何惊险作业，还是在这次跟随"蛟龙"探海的征程上——

"布放小艇！"随着总指挥一声令下，试验母船左舷的"蛙人"小组首先下水了。实验部的五个人全力以赴。马波开动绞车下放橡皮艇，张正云第一个攀着软梯下到艇上，掌控着尾部的发动机和舵把。在无际无涯的太平洋上，这条长不过三米、宽不过二米的小艇犹如一片树叶，起伏不定，刘绍福、张会生、崔磊依次晃晃悠悠地入艇。这四名"蛙人"中，前三人都过了五十岁，来自当年的"兵改工"，参加过海试；只有入职不久的崔磊才20来岁，是新一代海洋人。

"轰——"，张正云操作小艇驶离大船，转了一个圈，来到船艉等候。"蛟龙"号随着主吊缆的慢慢下降，落到海面上，溅起一片水花。小艇立即从侧面靠上去，两人奋力抓住潜器上边的扶手，年轻的小崔瞄准海浪上涌的瞬间，噌一下跳上"蛟龙"背。他迅速拔掉主吊缆的销子，接着爬到前边，三下两下解开龙头拖曳缆，挥挥手跳回小艇，母船马上转向加速，离开了潜器。就在短短五六分钟里，几个人已经被海浪浇得浑身透湿。等到下午潜器胜利返航时，"蛙人"小艇又会像早晨一样，下海挂缆帮助"蛟龙"回家。

可以说，与"蛟龙"号最亲近的人就是这些"蛙人"了。尽管他们隔着一层钛合金舱壁和小小的观察窗，但潜航员知道下潜和上浮时，外面总有几位勇敢的兄弟们在陪伴护航，心里感到特别得亲切和踏实。据马波主任介绍，在风大浪急的大洋上，为了"蛟龙"号，他的这几个部下，几乎都有被打落到海里的经历，有时还差点被卷到船底，腿上手上，往往是旧疤未愈又添新伤。

这惊心动魄的传奇故事，深深地打动了我。在本航段"蛟龙"

号第 4 次（总第 78 潜次）下潜归来后，我专程去看望这些勇敢的"蛙人"们，发现崔磊这小伙子咧着嘴一瘸一拐地来找船医了。"怎么啦？"我关切地问道。"唉，刚才磕了一下。"他卷了卷裤腿，右腿膝盖处裂开一个大口子，泛着鲜红的血。船上傅晋领医生抓紧为他处理伤口，我在一旁了解到了详情。

原来，海面上看似风平浪静，身在几千多吨的大船上感觉不到异样，轻飘飘的橡皮艇却像风中鸡毛似的，一会儿上、一会儿下的。刚才执行回收任务时，哗！一个浪头打来，正准备挂缆的小崔感到像是被人猛推了一把，重重摔在钢制扶手上，腿上立时鲜血直流。他抓紧起身挂上主吊缆，母船操作手按动电钮，"蛟龙"安全出水了。崔磊这才感到一阵阵疼痛……

好样的，新一代"蛙人"！他们在前辈"载人深潜精神"的激励下，憧憬着建设海洋强国的宏伟目标的实现，日渐茁壮成长起来。中国"蛟龙"正是在这样薪火相传、继往开来的不懈奋斗中，挺胸昂首、一往无前，去勇敢而睿智地搏击深海大洋的。

事实上，在整个 5000 米级海试进程中，由于天气恶劣、海况复杂，一直是在气象条件临界点下潜的，负责解、挂缆的"蛙人"小组几乎每次都是在"搏风斗浪"中完成工作。而且，作为第一主攻手的张正云也不止一次被风浪卷入海中，只不过这一次的危险特别突出罢了。

当天下午17时41分，"蛟龙"号顺利返回母船，试验结束。本次最大下潜深度5188米，水中时间8小时13分钟，完成了沉积物取样、微生物取样、热液取样器功能测试、两组标志物布放、6971水声电话通信测距等作业内容，并与沉积物样品一起得到了原生动物样品。最重要的是，两位年轻潜航员在于教授的指导下，又得到了一次扎实有效的实践锻炼。

7月31日21时50分，"向九"船一声长鸣，告别战斗了半个多月的5000米试验海区，离开东北太平洋海域，驶上了返回祖国的航程。

第五章
马里亚纳海沟：
中国人来了！

1.7000 米级第一潜

同样的地点，同样的场景，同样的心情……

2012 年 6 月 3 日上午 9 时，国家海洋局、中国大洋协会在江苏省江阴市国际码头隆重举行"'蛟龙'号载人潜水器 7000 米级海试起航仪式"。这次的目标海区，是西北太平洋的马里亚纳海沟海域。因为那里水深达到了 11000 多米，为地球第四极，完全能够适应"蛟龙"号 7000 米级的设计深度。

从 2009 年 1000 米级海试算起，这已经是海试队第 4 次在这里整装待发、远航大洋了。今天的苏南国际码头与前几次一样，披上了节日的盛装，彩旗招展、鼓乐飞扬。仪式依然由海试领导小组组长、海洋局副局长王飞主持。国家海洋局刘赐贵局长、科技部王伟中副部长、江苏省徐鸣副省长和中船重工集团钱建平副总经理相继发表了祝辞，共同为中国邮政和国家海洋局联合设立的"蛟龙"号深海邮局揭牌。中国邮政特聘请"蛟龙"号载人潜水器设计者之一、深潜部门长叶聪担任"深海邮局"首任名誉局长。

中国邮政集团副总经理张荣林介绍："'蛟龙'号深海邮局有虚实两个邮局，虚拟邮局设在位于海底 7000 米深的载人潜水器舱体内，地面实体邮局设在青岛市崂山区邮政局金家岭邮政支局，目前主要开办国际国内函件寄递和集邮业务，邮政编码是 266066。今后将根据实际条件逐步扩大业务范围，为社会各界提供全方位的邮政服务，进一步满足广大人民群众的精神文化需求，共享我国海洋事业发展成果。"

此外，还有两名特殊的男女少年嘉宾——来自北京市汇文第一小学的少先队员代表。这所学校是北京市的首批科技示范学校，有着 140 多年的历史积淀。学校于 1984 年与国家海洋局建立了大手拉小手的合作关系，从此对学生开始了极地科普知识的教育，至今已坚持了 30 年。科技老师张凯亮还申请参加了南北极科学考察。如今，"蛟龙"号载人潜水器象征着海洋事业的新高峰，在小学生中间引起了浓厚的探索深海兴趣。得知今天海试队起航去冲击 7000 米深度，小学生们非常兴奋，课余之间纷纷叠起了五角星，写上他们的祝福心愿，放进祝愿瓶里；同时集体写了一封信，专门派代表赶到江阴苏南码头上，参加起航仪式。

接下来，科技部副部长王伟中向海试队授"蛟龙号海试队"队旗。海试现场总指挥刘峰接过旗帜，用力挥舞着，整个会场一片鲜红，犹如万里朝霞升起在天空。他代表海试队表示："今天，'蛟龙'号海试团队96名队员再一次聚集在这里，接受祖国和人民的检阅。96股来自祖国五湖四海的力量，再一次拧成一股绳，朝着蔚蓝的大海，向着深邃的海底世界，迈出中国载人深潜事业更加坚实的一步。从1000米、3000米、5000米到今天，每一位参试队员都得到了锻炼，收获了经验，锻造出技术精湛、作风过硬、团结协作、不畏艰险的海试作风。今天的参试队员，信心更加充足，斗志更加昂扬，必将战胜一切困难，书写祖国载人深潜新的辉煌！"

随后，刘赐贵局长庄严宣布："'蛟龙'号载人潜水器7000米级海试起航！"

9时40分，"向阳红09"船在两艘拖轮帮助下徐徐离开码头，顺长江而下，船上90多名海试队员——其中包括新华社、中央电视台、《科技日报》、《中国海洋报》等几名随船采访的记者——身穿统一蓝色海试服，站在船舷边，不停地挥手。岸上渐渐远离的人们，一齐挥舞着小旗子，为他们送上了深深的祝福。

为什么这次起航不同以往，特别隆重？因为"蛟龙"号要冲击设计极限深度、冲击这个星球上的第四极……

经过8天乘风破浪地航行，"向阳红09"船搭载着"蛟龙"

号和海试队抵达预定海域。马里亚纳海沟，世界海洋最深的地方，中国人来了！

2012 年 6 月 15 日，一场热带风暴刚刚离开这片海面，风平浪静，是一个适合"蛟龙"号下潜的好天气。试验母船后甲板上，红白相间威风凛凛的"蛟龙"号安卧在轨道车上，精神抖擞，容光焕发。今天，是它进行 7000 米级第一潜的日子。

说实话，两位带队人——总指挥刘峰和临时党委书记刘心成的心情忐忑不安。海试队太需要首战的胜利了，这将极大提升海试团队乃至全国人民的信心，为下一步试验奠定坚实基础；但同时去年 5000 米海试后，702 所、声学所、沈阳自动化所等单位对潜水器纵倾调节、液压、电力配电等十大系统的 26 个项目进行了技术完善，并增加了 GPS 定位功能，包括载人舱以外的所有压力罐、水密件、电缆、穿舱件等都被拆开了，又被检修后进行了重新安装。如今在太平洋最深处做试验，潜水器各项设备能经得住考验吗？

7 时 15 分，全体人员在餐厅集合，进行 7000 米级海试第一次下潜动员。

试航员叶聪、崔维成、杨波在大家祝福和欢送的目光下自信地挥挥手，依次下到了载人球舱内。

船艉高大的 A 形架下，水面支持系统操作员、国家深海基地的李德威，在副总指挥余建勋、部门长于凯本（他也是深海基地的骨干之一，参加过前几次的海试）指导下，双手端着操作盘一丝不苟地操作着。硕大沉重的 A 架起重臂在他的控制下，如同母亲温柔的双臂，轻柔且有力地抱起"蛟龙"号，从后甲板缓缓移向海面。12 分钟后，它安然入水，在"蛙人"的帮助下，解脱了最后一缕束缚，随着一声"水面检查完毕，一切正常，请求下潜"的报告，在得到指挥部批准后，"蛟龙"号注水下潜了。

100 米、500 米、1000 米……潜水器以每分钟 40 米左右的速度自由落体，向深海进发。刘心成书记代表现场指挥部做了新闻发言人，不断向随船报道的记者们介绍情况。

8 时 37 分，"蛟龙"号到达 3000 米。母船指挥部里，人们看着同步传来各种信息的"蛟龙"号水面显控系统，听着试航员与控制室清晰地进行水声通信，显得轻松而愉悦。总指挥刘峰对记者感慨地说："想当年，'蛟龙'号初出茅庐，潜到这个深度，我们已经激动得跳起来了。如今，已经习以为常了。"

又过了一个小时，"蛟龙"号打破了去年创造的下潜 5188 米的纪录，达到了 5285 米。刘峰与刘心成站起来，带头鼓掌。10 时 11 分，主驾驶叶聪报告："'向九'，'向九'，我是'蛟龙'。现在到达 6200 米，一切正常，我们准备抛载第一组压载铁。"

这就是说，"蛟龙"号到达预定位置，正在实现水上悬停，开展试验作业。就在这时，数字通信系统突然出现故障，母船与潜水器联系中断了！如果发生在第一年海试时，人们会惊慌失措，无法继续试验，试航员只能立即抛载上浮。然而今非昔比，水声通信保障组在朱敏研究员带领下，胸有成竹，沉着应战。他们首先马上将通讯系统切换为模拟通信模式，保证联络畅通不影响试验；再迅速查明故障，予以排除。

随后，潜水器在试航员操作下，降低了速度，缓缓下行，几分钟后，安全抵达6671米，一个新纪录诞生了！指挥部里的人们喜笑颜开，互相击掌庆贺。10时44分，试航员们完成了开启水下灯光和摄像机、手动操控航行、通过机械手采取水样等项目，抛载另一组压载铁上浮。

3个多小时后，14时34分，"蛟龙"号跃出海面，被"蛙人"小组和水面支持人员安全接回母船。三位勇敢的试航员一出舱，照例受到英雄般地欢迎。虽说这7000米级海试第一潜，还没有达到设计深度，但对"蛟龙"号一年来的维修保养情况，特别是对试航团队解决问题的能力做了检验，迈出了冲击7000米目标的坚实的第一步。现场指挥部副总指挥崔维成高兴地说："通过这一次下潜，我们对完成7000米海试更有信心了！"

2."蛟龙"守护神

载人潜水器海试首潜成功，前后方的人们都在欢呼雀跃、拍手称快的时候，海试队中有几个人却眉头微锁，高兴不起来。他们就是负责潜水器维护保养的工程技术人员。

深海不是一片平坦温柔的"乐土"，黑暗的环境里潜藏着不可知的杀机。就在第一潜取得胜利的同时，我们可爱的"蛟龙"受伤了，它在与庞大的"海神"搏斗中，被其扔出的"三叉戟"划伤了"耳朵"和"腿脚"——水声数字通信系统与两只推进器出现了故障。

晚上，指挥部会议决定对首潜出现的水面电缆泄露导致的数字通信中断、前左和后下两个推进器故障、主液压源补偿误报警、可调压载系统（VB）在6600米附近排注水时有异常响声四个故障进行攻关，要求这四个故障必须在18日再次深潜试验前被排除。相比而言，由于推进器已经使用了四年，这次又是在大深度水压下，因此故障较难解决。

海试队员们连夜投入了"排故"战斗。

声学部门的研究员朱敏，带领张东升、徐立军、刘烨瑶，还有下潜后仍在晕船的杨波，集中攻关。最后确认通信中断的原因是接近声学吊舱根部附近电缆上摩擦出一个小孔，致使海水进去造成接地短路。他们截去 100 米声学电缆，重新接入，经过数小时硫化，第二天下午测试已经正常了。

潜水器维护部门在胡震副总师的带领下，分成两个小组：一组是专攻电气控制的杨申申、程斐、王磊，一组是精于机械液压的汤国伟、姜磊、沈允生和胡晓函、邱中梁。这两个小组也是紧急行动起来，进行伤情探测、维修。

经过一番周密检查，他们找到了两只推进器的病源，推进器需要拆卸下来修复。"胡司令"一挥手，大家七手八脚一块上。很快，中部的一只便拆下来了；可是尾部的那只位置较高，且周围没有可供攀缘的脚手架，加之母船在海浪中不断摇晃，一时犹如"老虎吃天，无处下口"。困难挡不住英雄的海试团队，他们想方设法架上塔梯，绑上安全带，采用多人扶持、联合作业的方式，硬是在晃动的露天"厂房"中完成了拆卸。

紧接着，胡震指挥着部门成员们再次分工：电气控制组以杨申申为首，修复驱动器过载的推进器；机械液压组以汤国伟为首，修复漏水的推进器。一直干到深夜11点多，人人累得直不起腰来了。胡副总师身先士卒，既是指挥员，又是战斗员，始终工作在第一线。这时他看到大家精疲力竭的样子，实在不忍心了，敲敲架子说："今天就到这儿吧，没完的活儿明天再干！"

第二天——6月16日，按中国人的说法，应该是六六大顺的一天。队员们早早吃完早饭就来到了操作间，紧张有序地忙碌起来。

电气组的杨申申、程斐和王磊拿着两只万用表分头测量，表笔上下穿梭，对推进器驱动段每条线路的通断进行检测。只听着万用表不时地发出信号的检测音，他们像精细的钢琴调音师一样，仔细倾听，很快找到了故障点，修复更换了损毁的元件。

机械液压组的故障严重一些，胡震一直紧盯着，汤国伟、姜磊等人全力以赴。由于加油孔狭小，注油非常缓慢，大家一边工作一边开动脑筋，献计献策，建议用针筒代替加油工具进行加油。这个方法果然大显奇效，大大加快了清洗和填充补偿的进度。

干到中午，胜利在望。卫星电话又传来了国内的好消息：北京时间18时37分，我国神舟九号飞船在甘肃酒泉成功发射升空。哈！这可真是一个带有必然性的巧合：中国载人航天工程和中国载人深潜工程，就在同一个六月里双管齐下，并蒂开花。在这个喜讯的鼓舞下，潜水器维护部门一鼓作气，完成受损推进器的修复组装后，又举一反三，更换了其他推进器上的抱箍。从早上8时到晚上8时，整整历时12小时，他们使潜水器恢复到正常状态，为组织第二次下潜试验奠定了基础。

"好了！收工！"随着"胡司令"的一声招呼，人们直起腰来，擦着布满汗水的脸庞，开心地笑了……

写到这里，我情不自禁又想起了跟随"蛟龙"号出海的情景。对于潜水器维护部门的辛勤工作，深有体会和感慨，也曾在日记里记录下当时的感受——

每当"蛟龙"号从深海泛着水花、跃出水面，披着一身湿淋淋地"战袍"返回到母船之后，总有那么一群身穿工装、头戴安全帽、手拿各种工具的人员迅速围上来，分头攀上脚手架工作台，打开座舱、机舱、电池舱，从头至尾、由里到外，仔仔细细、认认真真地巡视着、检查着……

这使我想起了当年我在空军服役时的情景：飞行员驾驶战机胜利返航了，机械师、雷达师等地勤人员一拥而上，检修保养，加油装弹，快速清洗它的满身征尘和疲惫，让它重振雄风等待新的出征。人们亲切地称这些机务战士为战鹰的"保姆"和"医生"。而今，探海的"蛟龙"号潜水器，同样有这样一些呕心沥血地保护潜水器安全和健康的"保姆医生"。因了她是深入数千米深海工作的高科技装备，应该说它的维护比普通飞机维护更加严格、精密和艰辛。

记不清那是第几个潜次了，晚饭过后很长一段时间了，我来到后甲板上吹吹风、透透气。突然发现工作台上下灯火通明、亮如白昼，几名潜水器本体部门的工作人员正在紧张地忙碌着。副总指挥叶聪移动着健壮的身躯，有条不紊地调度指挥着。他是中船重工集团 702 所的设计师之一，第一批深潜试航员，年纪不大却已是深海"蛟龙"的元老。海试结束之后，他又连续两年随船出海，接替他的老领导崔维成副所长和胡震副总师，出任潜水器部门副总指挥、潜水器维护部门长，负责组织协调各研发单位维护潜水器、培训新人，准备深海基地业务化运营的发展。每次下潜作业或检修，他都是重任在肩。今天发生了什么事呢？

经过细心了解，我明白了事情的来龙去脉。下午"蛟龙"号顺利完成又一次科考任务，下潜至 3600 多米，获取了许多深海生物和矿物等样品，拍摄了一些清晰的海底地型、地质，以及生物群照片和录像，安全返回到母船。各专业维护人员照例围上前来，先是用淡水冲洗干净潜水器身上的海水，听取潜航员汇报，而后按部就班地一项项检查、充电补氧。当查看到某个仪表盘时，702 所的工程师汤国伟、胡晓函等人发现油位下降较多，感觉有些异常，进一步打开腹部机舱，看到浮力块上有油迹——密封件有漏油点！如果更换新件，工作量很大，需要"开膛破肚"，把浮力块一块一块地拆卸下来，擦洗干净，完成换件，再一块一块地装回去。即使在陆地车间里，也至少需要一个工作日才能完成；可这是在风大浪高的海上啊，船体摇摆不平，再说明天一早还要准备下潜科考，时间上很紧张。这样看来，只有要求撤销明天的潜次计划，何时修好何时再下潜。

关键时刻，大家的目光投向了领头人叶聪。他略一沉吟，说："天气要变了，潜次计划一定要抓紧进行。我马上报告总指挥，咱们连夜干，维护好潜水器，决不能影响了下潜任务，更不能让潜水器带着故障下水。"就这样，晚饭过后，其他队员都在休息娱乐的时候，他们又冲上了没有硝烟的战场。虽说潜水器部门来自几个单位，可科考队一直遵循"只有岗位，没有单位"的理念，团结协作像一家人一样，有了任务毫无二话，一齐上手。不用说702所全力以赴了，就连中科院沈阳自动化所的祝普强、声学所的刘烨瑶，国家深海基地的李宝刚、高翔等人也都来了。一时间，整个工作区灯火辉煌，上下左右，你来我往，拆卸浮力块的，吊装零部件的，测试密封圈的，上演了一出挑灯夜战维护"蛟龙"的激情大戏。

我不由地赞叹不已，连忙回屋拿来照相机，"啪啪"地打开闪光灯，记录下这激动人心的一幕。正巧负责电力方面的工程师杨申申走过来，礼貌地与我打招呼："许老师，你还没休息啊？""没有呢，你们连夜加班，太辛苦了！"他笑笑说："这不算什么，海试期间经常这样，潜水器试验暴露了问题，晚上抓紧寻找故障点抢修，有时一干就是一个通宵，天亮了不耽误下潜。""啊？那不是连轴转了？身体受得了吗？""嗨，不知为什么，那时也不觉得累，就是想赶快解决问题。等到潜航员下海了，我们才轮换着躺一会儿。"身材瘦长的小杨参加过连续四年的海试，由于工作出色曾受到临时党委通报表彰。我从他那疲惫而坚定的面容里，看到了他们当年经历的沸腾的日日夜夜……

如今随着"蛟龙"号海试成功，转入了试验性应用阶段，可那种"团结协作、拼搏奉献"的载人深潜精神永久地被传承下来。我所看到的"向九"船上的这个灯火通明的不眠夜，就是最典型的例证。尽管胡震主任因事没有上船，接替他负责这块工作的叶聪，还有杨申申、祝普强、刘烨瑶等人都毫无例外地兢兢业业，勤勤恳恳，有了故障不过夜，时刻保证"蛟龙"号整装待发。当晚他们一直干到凌晨四点多钟，直到做好了下潜的一切准备，才稍稍打了个盹。早晨 7 点钟，总指挥一声：各就各位！他们又精神抖擞地出现在自己的岗位上。

各路人马乘胜追击，接连干了两天一夜，捷报频传。蛟龙首潜中暴露的 4 个问题全部解决。根据气象预报，6 月 18 日试验区浪高 2 米，处于海试限制条件的上限。指挥部例会决定：早晨 5 时 30 分，各位成员一起到驾驶室观看海况，如果气象条件许可，7 点钟进行第二次下潜试验。

为了节约油料，试验母船在每次试验结束就停掉主机，顺洋流漂泊，一晚上能够漂移 20 多海里。早晨再开启主机航渡到下潜点。时间到了，总指挥刘峰、书记刘心成、办公室主任李向阳、船长陈存本、气象预报员苏博等人，都不约而同地来到了驾驶台。看到海面上风浪小了许多，再研究气象资料，认为海况尚可，决定执行下潜计划。

　　6 时整，陈存本船长在船上反复广播："指挥部决定，今天 7 时进行 7000 米级第二次下潜试验。有关人员起床，6 时半早饭。"

　　其实，不等他广播，各部门人员都惦记着今天的海试，早早起来观察海况，感觉有戏儿，已经分头准备起来了。与此同时，媒体的电波也发向海内外了：我国载人潜水器"蛟龙"号，将于 6 月 18 日进行第二次冲击 7000 米下潜试验。

　　一时间，箭在弦上了。

　　不料就在这时，有人发现潜水器下方高度计传感器附近，液压油泄漏了，而且越来越急，呈多条线状向下流下来。坏了！一个不祥之兆笼罩在大家心头：今天的下潜可能要泡汤！可是记者已经公布第二次海试的消息了，如何收场？水面支持系统赶快启动轨道小车，载着维护人员迅速打开下部浮力块，胡震副总师带人钻下去仔细观察，原来是主液压源控制前左推力器转向的液压管破裂所致。

　　怎么办？又是一个下不下的难题。准备执行今天潜次的于杭教授，对赶过来的刘峰和刘心成说："如果今天一定要下，也可以，但是前面两个推力器转向功能失效，并且导致液压管破裂的原因不明，有隐患。"

"带着故障下潜肯定不行。至于能不能很快排除故障后再试验，咱们马上开个指挥部会议，分析一下具体情况，拿出具体措施。"

很快，潜水器本体总师组会议就在后甲板上召开了，刘峰主持，于教授、崔维成、胡震、叶聪、侯德永、李向阳等人参加，刘心成在场旁听。经过讨论，大家一致认为应从实际出发，不能因外界关注就带故障下潜，必须找到漏油原因并解决。随后，指挥部宣布取消今天下潜计划，由崔维成、叶聪召开现场新闻通气会说明情况。这一决定既反映了试验的艰辛及不可预见性，又诠释了海试队严谨求实的奋斗精神。

紧接着，胡震带领顾秋亮、张建平师傅拆开潜水器下部浮力块和轻外壳，液压工程师邱中梁、汤国伟不顾液压油往下流，钻进去查故障，不一会，他们的工作服都被油浸透了。查明了原因是软管老化，决定更换全部五条油路的十几条软管，同时更换主液压源油位补偿器的传感器。

更换软管后需要补充液压油。前提是必须把油路内空气全部排干净，因为空气是可以压缩的，如果油路有空气，"蛟龙"号到了几千米水下将会很危险。这种工作非常需要时间，需要慢慢排气，排完后再复装轻外壳和浮力块。又是一直忙到晚上八点多钟，才全部修复就序。

这就是海试团队的光荣传统，从不靠侥幸，全力以赴，精心维护，故障不过夜，使我们的"蛟龙"号下潜前完全处于身体健康、生龙活虎的状态……

3. 历史性的对接

全中国乃至世界瞩目的一天终于到来了！

公元 2012 年 6 月 24 日，在浩瀚的西北太平洋马里亚纳海沟海域，东经 141 度 58.50 分、北纬 10 度 59.50 分，中国"蛟龙"号载人潜水器开始正式冲击 7000 米深度。早晨 6 时 30 分，大雨如注，海浪翻飞，现场指挥部和临时党委在功勋卓著的试验母船——"向阳红 09"船值勤甲板上，冒雨举行试航员出征仪式。

夜幕还没有完全退去，明晃晃的甲板大灯亮如白昼，一条写有"中国载人潜水器 7000 米海试试航员出征仪式"的大红横幅格外光彩夺目。从 2002 年立项起，直至如今 2012 年第四年海试，"7000 米"目标早已耳熟能详了，经过了种种风风雨雨、坎坎坷坷，闯过了一道道难关，终于将在今天成为现实了！

指挥部和临时党委的所有成员，身穿蓝色的海试队服，头戴安全帽，整齐列队，久久注视着那横幅上的十几个大字，感慨万千，神情激动。三位重任在肩的试航员——"蛟龙"号主任设计师、首席试航员叶聪，中科学沈阳自动化研究所副研究员刘开周，中科院声学研究所副研究员杨波，站在队前，左胸前的五星红旗标志分外醒目，映照着他们年青的脸庞。

仪式由刘心成书记主持。

刘峰总指挥脸色凝重而坚毅，向即将第一次冲击7000米（总第49潜次）深度的三位试航员做了简短动员讲话，随即一挥手："现在我宣布，试航员出发！"

现场指挥部、临时党委成员与他们一一握手、紧紧拥抱，此时没有了言语，只是用手在他们背上重重拍了几下。这是重托，也是祝愿。

三位试航员健步登上维护平台依次进舱。主驾驶叶聪最后一个进去，特意回身招了一下手，显示出一定要完成任务的信心和决心。雨虽然很大，但所有送行人员没有撤离现场，各个岗位继续按照部署开展工作，人们的衣服淋透了，内心里却充满了阳光。

7时整，指挥部宣布"各就各位"。轨道车移动、拆除限位销、挂主缆、起吊、A架外摆、挂龙头缆、布放入水、解缆等动作一气呵成。潜水器逐渐漂离母船尾部。不远处，"海洋六号"船在执行警戒任务。

自从 5000 米海试开始，新闻媒体公开报道"蛟龙"号情况以来，为了统一口径，海试队建立了新闻发布制度，由临时党委书记刘心成代表现场指挥部做发言人。现在，他第一次向随船采访的媒体记者权威发布："'蛟龙'号 7 时 29 分入水，7 时 33 分建立声学数字通信，现在正以每分钟 41 米的速度下潜，潜水器设备正常，试航员状态良好。"

　　现场指挥部屏幕上的数据不断跳动着：1000、2000、6000 米……随着深度的增加，刘心成的心情更加凝重。出征以来漂洋过海，迎"玛娃"台风而不畏，遇"古超"气旋尤奋勇。可变压载、推力器等遭遇深海高压几次受挫，团队逆境而上，挑战极限，一路拼杀。哽咽、泪水、走麦城交替出现，鲜花、贺信、掌声一路同行。当想到……他不敢多想，也没有时间多想了。10 时 05 分，刘峰总指挥提醒道："老兄，该做第二次权威发布了。"

　　"好，"刘心成核对了一下数据，清了清嗓子，对记者们说，"'蛟龙'号于 10 时 04 分下潜到 6000 米深度，目前以每分钟 35 米速度下潜。潜航员叶聪报告设备正常，人员状态良好。"

　　指挥部鸦雀无声。大家目不转睛，紧紧地盯着显示屏，有人还不时地揉揉眼睛，唯恐看不清闪烁变化的数字：6900 米、6935 米、6970 米……10 时 55 分，"7005 米"跳出画面，指挥部一片欢腾，掌声久久不息。这是全世界搭载三人深潜的新纪录的诞生！刘峰与刘心成情不自禁站起来，双手紧紧握在了一起，久久没有松开。

总指挥眼睛又一次湿润了，而临时党委书记则抑制住心中的激动，因为指挥部正在与中央电视台进行视频连线直播，他要时刻发布新闻，让公众看到"蛟龙"号海试团队敢于斗争、勇获全胜的精神风貌。而恰恰就在这一天，正在太空中遨游的我国"神九"飞船，即将实现与此前发射的太宫舱天宫一号手控对接。如果也能够在这一天成功，那将是中国人创造的"上天""入海"两大奇迹！

激动人心的一刻说来就来了！

11时25分——北京时间2012年6月24日9时07分，深海中传来了主驾驶叶聪的报告声："'向九'！'向九'！'蛟龙'号于北京时间2012年6月24日9时07分，下潜到马里亚纳海沟7020米深度，成功坐底。潜航员叶聪、刘开周、杨波祝愿景海鹏、刘旺、刘洋三位航天员与天宫一号对接顺利！祝愿我国载人航天、载人深潜事业取得辉煌成就！"

刘心成激动得声音有些颤抖："大家都听到了，我就不用再发布了。刚才，我们的'蛟龙'号创造了历史！"

现场的新华社、中央电视台、科技日报、中国海洋报记者谁也没有抬头，只是会意地点点头，双手飞快地敲打着面前笔记本电脑的键盘，在第一时间将这一重磅新闻发布出去。

更加令人称奇的是，当晚中央电视台新闻联播，在报道"蛟龙"号深潜 7000 米和"神九"与天宫一号手控交会对接成功的消息时，有一段航天员祝福潜航员的报道。只见航天员景海鹏、刘旺、刘洋身穿蓝色航天服，胸前印有同样鲜红的国旗标志，飘浮在天宫一号轨道舱内，由指挥长景海鹏代表三人一字一顿地说：

"我们三位航天员向在太平洋下潜 7020 米深度的深潜员叶聪、刘开周、杨波表示祝贺，祝愿我国载人深潜事业取得辉煌成就！"

由此，中国两大高科技新成就随着电波传遍全世界。

这是历史性的时刻！在 7020 米海底的中国潜航员与远在太空的中国航天员互致祝福、互相激励，意义非同寻常，影响波及世界。两大科技成就极大地鼓舞了国人的精神和士气，提升了国家形象和地位！

自从"蛟龙"号来到马里亚纳海域实施 7000 米级第一潜之后，海试团队又在 6 月 19 日由唐嘉陵、于杭、张东升小组执潜，进行了 7000 米级海试第二次下潜试验。最大下潜深度 6965.25 米，完成了近底巡航、均衡、定深航行、灯光调试、摄像及海底微地形地貌测量、三次坐底、沉积物取样、水样取样、布放标志物等作业。标志物上印着"中国载人深潜 蛟龙号 第 47 次下潜"字样。坐底地点与计划完全吻合，说明了"蛟龙"号水下导航、定位能力十分优秀。

然而，这也给外界带来一些不解和疑问。为什么"蛟龙"号都到了6960多米，就差几十米了，不去冲击7000米深度呢？是潜水器出了问题，还是海底不适合继续下潜？一时间众说纷纭，莫衷一是。总之人们认为"蛟龙"号这次错过了一个一步到位的好机会，令人遗憾和惋惜。

　　实际上，第二次下潜是根据国家海洋局和科技部批复的"蛟龙"号载人潜水器7000米级海试方案，稳扎稳打，有意而为之的。然而为了打消人们的疑虑，现场指挥部决定举行一个媒体通气会，说明详情，以释悬念。

　　会议在"向九"船会议室举行，由新闻发言人刘心成书记主持。刘峰总指挥首先通报了第三次下潜计划，而后解释说："为什么第二次下潜没有直接潜到7000米？主要有三个原因：一是海试领导小组批准的下潜计划是"4＋2"，即4个有效潜次，两个备用潜次，按照5000米、6000米、7000米顺序进行，前三个潜次都不超过7000米，我们完全按照计划执行；二是在6000米深度有200多个项目需要测试、试验或验证，第二次下潜时可调压载系统和高度计就出现故障，未能通过测试；三是7000米下潜前需要与北京协调好，可能上级会有一些安排，必须要有计划地协调进行。目前来看，如无特殊情况，我们准备在6月25日第四次下潜时，冲击7000米……"

　　接着，刘心成补充道："特别是第二次下潜到6965米后，国内各界议论甚至质疑声音不断，这些议论综合起来分为三个方面：一是替我们没有达到7000米深度感到惋惜；二是埋怨为什么不到7000米；三是认为试验可能不顺利。这些议论说明社会对试验非常关注，对中国载人深潜事业非常关心，也说明我们的宣传工作还没有完全到位。'严谨求实'是我们团队践行的中国载人深潜精神。海试追求的不仅仅是一个深度，而是扎扎实实、一步一个脚印的过程，发现问题并及时解决问题的能力，以便将来更好地将深潜技术应用于我国的海洋事业。为了排除可调压载系统海水泵控制电路板故障，电力与配电小组工作到凌晨三点，这就是他们拼搏与奉献精神的体现。我们的团队绝对不允许试验结束了，问题没有暴露而潜伏下来。这些年，我们都是本着这样的科学态度一路走来的。明天的试验还是重复第二次下潜试验的内容，并增加对可调压载系统和高度计排故后的验证，深度还不超过7000米，所以请媒体的朋友们把海试团队严谨求实的负责精神和科学态度解读给广大公众。"

第二天的6月22日，由傅文韬、于杭、叶聪小组执潜，实施了"蛟龙"号7000米第三次下潜试验。最大下潜深度6963米，取得更加丰富的成果。海底作业三个多小时，六次坐底，获得三个沉积物和三个水样、两个黑色块状结核和一个生物（透明状海参），拍摄到了海底生物，完成了本潜次复核可调压载注排水功能、推进器功能，打开了成像声呐、多普勒测速仪、避碰声呐、灯光、摄像机并对它们的工作情况进行了观察，等等。这些成果进一步验证了"蛟龙"号在深海中的优异表现。

试航小组返回甲板前，傅文韬通过甚高频呼叫海洋二所的海洋环境科学家刘诚刚，请他准备一个盆。现场指挥部的人们顿时兴奋起来：看来这回抓住深海生物了！大家不约而同地奔向了后甲板。轨道车复位后，大家竞相往采样篮方向涌去，把记者们都挤到外边了。刘诚刚拿了一个样品盘，小心翼翼地戴上橡胶手套，在很多人的扶持下，一只脚踩在轨道车上，另一只脚悬空，小心翼翼地从生物采样篮中取出一只透明状海参，大家赶快举起样品盆。刘诚刚一边将海参放入盆中，一边说了一句："需要加海水。"

"来了，海水来啦。"众人一阵呼应。原来准备给试航员的礼物——两桶海水，早已摆在潜水器准备间门口了。

当这只大木盆放在大舱盖上后，呼啦啦一下子围上来很多人，大家都想看一看太平洋海底的海参什么样子。

刘诚刚拿出事先准备好的板尺，丈量那只透明状海参——足有15厘米长。随潜的于教授说："它缩小了，在海底是很大的，要是这么小，机械手根本抓不着。"

"指挥部只知道你们在水下发现很多海参、虾等生物，可是还不知道你们已经取到了这么珍贵的生物样品。"刘峰感叹道。

"呵呵，这是我故意不让他们说的，给大家一个惊喜。

我们在水下发现了这个海参，大家就不约而同地说一定把它抓上来，傅文韬操作机械手，叶聪在一旁指点，终于抓住了。我们又怕它跑掉，傅文韬便一直用机械手压着生物采样篮的盖子……"

除此而外，他们在海底还采到两个结核状物体，形状不规则，有点像锰结核，但具体是什么物质尚待进一步研究。根据一般原理，结核状物质只有在海盆地才有，但现在在马里亚纳海沟被发现了，这在世界上还是首次，这一发现因此具有极大的学术价值。瞧，虽说这次深潜仍然没有突破7000米深度，但它不仅检验了潜水器的各项功能，还采集到非常珍贵的生物和矿物样品，完全可以说是一个成果丰硕的潜次。

同时，国家海洋局刘赐贵局长通过视频与现场指挥部交谈。刘局长在谈话中特别说道："今天的下潜很顺利，向你们再次表示祝贺。有一个事情与你们商量，原来准备在6月25日下潜7000米深度，这一天是星期一，大家都在上班。如果能在24日做，起到的社会宣传效果会更好，当然要以现场情况为准，如果准备来不及就不要勉强，还是要安全第一。"

刘峰看了看旁边的刘心成，答道："好的，刘局长，我们研究一下，争取提前一天。"

由此可见，第一个提出在6月24日突破7000米的，是国家海洋局的领导们。不过他们还没想到能有通信手段与太空对话。而远离祖国的海试队，看不到电视新闻，没有手机网络信号，只是通过北海分局信息中心发给船上的国内新闻摘要，知道我国在 6 月 16 日成功发射了"神九"载人飞船，其他一无所知。加上海试任务非常紧张，天天都是工作日，没有星期几的概念，也无心关注其他事情。

当晚指挥部会议上，总指挥刘峰传达了刘局长讲话精神，要求大家实事求是，看看到底能不能把第一次下潜 7000 米深度的时间，提前一天实施？

负责潜水器本体的副总指挥崔维成首先发言："我觉得可以。虽然目前可调压载有些故障，但只是影响到上浮速度，对其他试验项目没有影响。"

专家咨询组组长于教授接着说："从技术角度分析，可调压载故障不影响其他试验。目前'蛟龙'号各项设备表现良好，从全局考虑，我同意 24 日进行 7000 米下潜。"

与会人员纷纷表示赞同。最后刘峰说："那好，我们就按照 24 日下潜 7000 米的时间节点来准备！"

会后，现场指挥部将新方案上报北京，得到批准后，立即通告全队人员。就在这天晚上 10 点多钟，随船采访的新华社记者罗沙跑到刘心成房间，欣喜而神秘地说："刘书记，我们社里刚传来一个消息，'神九'与天宫一号太空手操对接也是在 6 月 24 日，跟咱们冲击 7000 米在同一天。"

刘心成顿时眼睛一亮，心想："这太巧了！"

罗沙接着说："我看可以运作一个深海潜航员与太空航天员对话的场景，那将特别有意义。"

"我看行，走，找总指挥说说去。"他们立马来到刘峰房间。

刘峰听后也觉得这是个好事："这个想法不错，但直接对话恐怕要首先解决声学通讯问题。小罗，你赶紧把朱敏叫来商量商量。"

朱敏是"蛟龙"号声学系统负责人，更是声学专家，闻言思忖了一下说："潜航员与母船通话是水声通信，而地面与航天员通话是无线电通信，体制不一样，直接对话在技术上有难度。不过，可以通过航天中心'中转'来实现。"

年轻的罗沙当即表示，新华社、央视都可以承担中转角色。事情就这样确定下来。大家分头准备。

6月24日那天，叶聪怀揣着三位潜航员对三位航天员的祝福词下潜，到达深海7020米时，他就是通过水声通信将照片和语音传输到"向九"船现场指挥部，央视小组直接视频连线到中央电视台，又被转送到北京航天指挥控制中心，再由他们传送至太空的"神舟"九号飞船。

不久，用同样的办法传回三位航天员在太空对深潜员的祝福。双方深受彼此鼓舞。这些视频都在第一时间被播报给全国人民，乃至全世界，起到了极大的振奋人心的作用，产生了轰动效应，成为一个永恒的历史佳话。

茫茫太空、幽幽深海，中国人来了！

此时，身在北京海试陆基保障中心的刘赐贵局长通过视频连线，与马里亚纳海沟 7020 米深度坐底的"蛟龙"号试航员通话了。

他欣悦而激动地说："叶聪、刘开周、杨波，你们好！首先我代表国家海洋局和海试领导小组，对你们成功下潜到 7020 米深度表示热烈祝贺！我们一直在关注下潜过程，为你们感到激动和自豪。通过媒体报道，全国人民都在关注你们。希望你们再接再厉，在下一步的试验中取得更大成绩，确保海试圆满成功！"

叶聪代表三位试航员回答："我们在 7020 米的海底，听到刘局长的讲话很清晰，感到很亲切。我们在坐底期间进行了布放标志物、取水样、照相、录像等作业。三位试航员状态非常好。我们为'蛟龙'号感到骄傲。感谢各位领导和关心、支持深潜事业的朋友们！"

通话也是"中转"直接实现的：北京的音视频通过卫星传输至'向九'船指挥部，朱敏研究员在喇叭前放置一个话筒，将音频调制成水声信号发送给'蛟龙'号，然后再还原成声音。音频转换的质量和效果都很好。

"蛟龙"号在水下进行两次坐底，取得两个非保压水样和一个保压水样，布放了标志物。返航途中进行了可调压载系统复核，注排水功能正常，完成了预定试验任务，于 17 时 26 分浮出水面，18 时 12 分回收至母船。试航员出舱时，展示了带到马里亚纳海沟的国旗，记者们的"长枪短炮"立刻一片闪光。

值勤甲板的横幅已经更换为"中国载人潜水器下潜 7000 米试航员凯旋仪式"。刘心成书记主持，叶聪代表刘开周、杨波大声向刘峰总指挥报告："我们三位试航员完成第 49 潜次试验任务，成功下潜到 7020 米深度，安全顺利返航，向你报道！"

刘峰说："你们辛苦了，欢迎你们，感谢你们！"

刘心成宣布："向英雄的试航员们献花！"

科技日报的女记者陈瑜穿着连衣裙，手捧鲜艳的绢花，在一片响亮的掌声中，将绢花分别献给三位试航员并与他们一一拥抱。'向九'船陈崇明政委把已经打开保险罩的香槟酒递给试航员。他们拔出瓶塞，奋力摇动，酒花喷薄而出，洒向队员们，洒向海天之间。

三位试航员表现出色，不辱使命，他们也成为整个"蛟龙"号团队的代表与象征。

4. 世界纪录：7062 米

乘胜追击，再下一城。

2012 年 6 月 27 日，天气晴好，海面平稳。经过了三天的休整，"蛟龙"号焕然一新，又跃跃欲试了。海试队决定实施本年度第五次也是总第五十次下潜试验，继续固化 7000 米成绩，并进一步验证潜水器的各项功能。

本潜次由总指挥顾问于杭教授带领，国家海洋局北海分局潜航员傅文韬、唐嘉陵轮流作为主驾驶，计划再创新纪录。7 时 05 分，指挥部发出"各就各位"的号令；7 时 18 分，"蛟龙"号布放入水，开始注水下潜；7 时 34 分钟，母船与"蛟龙"号建立声学数字通信，以每分钟 41 米的速度潜向深海。

各随船媒体仍要进行现场报道，刘心成继续担任新闻发布人："10 时 10 分，"蛟龙"号经过 2 小时 40 分钟，下潜到

6000 米深度，潜航员报告人员正常，设备正常。10 时 45 分下潜到 7009 米深度，"蛟龙"号第一次成功坐底。"

11 时 20 分，国家海洋局刘赐贵局长、王飞副局长通过视频，与正在组织"蛟龙"号第 50 次下潜试验的现场指挥部、临时党委有关领导进行座谈，重点是充分利用现场媒体记者的有利条件，加强对"蛟龙"号海试及深海装备发展需求的议题宣传。北京方面有大洋办主任、海试领导小组副组长金建才及"蛟龙"号载人潜水器总设计师徐岂南等人参加。

这已是惯例。在 1000 米级海试时，徐老夫妇坚持深入现场，后因年老体弱不宜随船出海了。但每年海试时，大洋办金主任总会把他们夫妇请到北京，让他们坐镇国家海洋局八楼的大洋办陆基保障中心，观看视频，随时提供技术指导。

座谈会结束，刘赐贵局长、王飞副局长还有其他工作，就下楼到自己办公室去了，留下大洋办金建才主任等人在陆基保障中心继续观看海试。这时，突然发生了一件意想不到的事情，几乎搅动了整个试验母船和海洋局大楼。海试现场还好说，远在万里之遥的北京的人们，不明就里，通讯不便，着实受到了惊吓……

这究竟是怎么回事呢？

当天 11 时 47 分，"蛟龙"号近底巡航移动位置，第二次在 7059 米深度上坐底，进行一系列试验。半个多小时后，具体时间是在 12 时 37 分钟，试验母船与"蛟龙"号的通信联络突然中断了！

　　"'蛟龙'，'蛟龙'，'向九'呼叫，'向九'呼叫……"

　　"'蛟龙'，'蛟龙'，我是'向九'，你在哪里，情况怎样？请速回复，请速回复……"

　　声学控制室一直不停地焦急呼叫着，却听不到一点反馈回音，无论是声音通信还是文字图片传输，都没有一点消息。指挥部决定立即布放 6971 应急水声电话通信系统，开启另一套通信手段。

　　但是，仍然没有回答。"蛟龙"号犹如遭遇了"百慕大三角"一样，无声无息……

　　刘峰和刘心成两位领导者非常着急，不时跑到声学控制室去看看。其实在现场指挥部里已经显示得非常清楚，出去走走只不过是为了掩饰一下他们焦虑的心情罢了。情况十分不妙。"蛟龙"号已经下潜到 7000 米的海底了，外表压力达到了 700 个大气压，每平方米承受着 7000 吨压力。尽管在设计上留有一定安全系数，但这是"蛟龙"号首次试验潜入这么大的深度，万一发生不测，那将是不堪设想的巨大损失。

　　现场指挥部里鸦雀无声，只有声学控制室里深潜部门长胡震一遍遍呼叫："'蛟龙'，'蛟龙'，'向九'呼叫，'向九'呼叫！请回答，请回答……"呼叫声不停地回荡在母船上，显得是那样得忧心如焚和无奈无助。时间在一分一秒地过去，十分钟、二十分钟……当年在 50 米试验时，潜水器曾下水失联五分钟，大家都吓得不轻，如今是 7000 米啊，又失联了这么长时间，想想就不寒而栗。

不知道是哪位记者，用自带的通信设备把这一意外情况传到了北京，传到了大洋办陆基保障中心。金建才主任听后手脚一阵冰凉，感到事态严重，立即下楼告知了王飞副局长。"啊？！"作为一名"老海洋"，王飞也是倒抽一口冷气，神色骤变。他们丝毫不敢怠慢，马上来到了刘赐贵局长办公室报告情况。

"不要慌，再好好观察分析一下。"刘局长不愧有大将风度，泰山崩于前而不形于色，可心里还是发紧，"你们先上去与前方保持联系，我就来。"

两位海试领导小组正副组长，肩头上陡然增加了沉重的压力，快步上楼来到陆基保障中心会议室，面对着大屏幕，一边请总设计师徐芑南分析情况，一边紧急呼叫太平洋上的海试队，询问究竟发生了什么事，"蛟龙"号联系上没有？

依然没有回音——然而有一个情况却引起了大家的注意：虽然通信中断，但通过母船超短基线可以跟踪到"蛟龙"号，清楚地看到载人潜水器的活动轨迹。这说明"蛟龙"号上的超短基线还在发射声波信号，其设备应该处于正常状态。而这一设备是由舱内供电的，现场指挥部立刻得出结论：舱内供电正常！水声系统换能器也按预设的时间间隔传回"嗞嗞"的声音，那么面对指挥部的呼叫，试航员们为什么不应答呢？莫非是生命支持系统出了差错？舱内人都昏迷了？

在北京的徐芑南总师密切观察后，安慰说："请领导们不必太着急，这条线一直在动，我认为潜水器本体没问题，可能是通讯系统出了故障。"

"但愿如此！"王飞、金建才还是一脸凝重。

正说着，刘赐贵局长上楼来了。就在这时，奇迹出现了，水声通讯机突然响起来："'向九'，'向九'，我是'蛟龙'，我是'蛟龙'，一切正常……"

主驾驶傅文韬的声音传来了。试验母船上刘峰、刘心成、崔维成、胡震，还有现场指挥部和声学控制室所有人员，包括记者们几乎同时激动地跳了起来。谢天谢地，总算没有发生不测事件！

那么，这是怎么啦？原来，两个年轻的潜航员傅文韬和唐嘉陵在"蛟龙"号坐底后，发现前方有一只大海参，决定互相配合抓取这个样品。机械手沉重而僵硬，而海参湿润黏滑，它被一次次抓住，又一次次滑脱。他们丝毫不放弃，聚精会神，终于成功将海参抓到手，放入采样篮并盖好盖子。正当他们坐下来喘口气时，突然发现与母船通话的话筒不知道何时掉落在地板上，压住了语音通话的按钮。坏了！立马意识到问题的严重性——通信中断，大家肯定非常着急！

在通信功能设计上，"蛟龙"号每64秒钟会自动将有关信息打包通过声波发往母船声控室，母船收到信息后再解译，最后将信息显示在各个显示屏上。由于数字与语音都是通过同一套声学设备，所以在设计上有一个"语音通话优先"原则，也就是说语音通话开启，其他一切都不能使用。话筒掉落后，压到按钮，触发了语音通话通道，结果数字传输关闭。语音通话接通了，可又没有进行语音通话，致使母船呼叫传不下去，"蛟龙"号信息传不上来。直至13时17分，通信中断了整整40分钟。后来，大家把这一过程叫做"黑色40分"，造成了一场不大不小的虚惊！

通过这个意外事件，也提醒研发团队需要改进"蛟龙"号话筒的设计，以便杜绝此类事情再次发生。

有惊无险，"蛟龙"号继续下潜试验，在7062米的深度上坐底并开展相关作业。

15时15分，"蛟龙"号完成了本潜次所有试验项目，开始抛载上浮。

一项新的世界纪录诞生了！后来，有网友置疑"世界纪录"的提法，说早在20世纪50年代瑞典人皮卡德就下潜到10000米了，前几年美国人、《泰坦尼克号》的导演卡梅隆也曾在马里亚纳海沟潜深11000米，怎么能说"蛟龙"号潜到最深呢？

实际上，这些网友只知其一，不知其二。国际深潜界是以同类型潜器做比较的，就像竞技体育中的赛艇比赛一样，有单人双桨、双人双桨，有舵手和无舵手的，各有各的规则和名次。上面所说的瑞典和美国人都只是两人或一人下潜到11000左右，但不能开展任何巡航作业，只是为了探险试验，如同坐电梯一样，潜到预定深度再返回海面。而"蛟龙"号是可乘载三人，可下潜到7000米开展科学考察的潜水器。

　　目前全球同类型潜水器承载三名乘员的，只有日本的"深海6500"号，最深下潜到6500米。俄罗斯的"和平号"、法国的"鹦鹉螺"号和美国的"阿尔文"号潜深大都在4500—6000米左右。毫无疑问，从这个意义上说，中国的"蛟龙"号就是创造了世界纪录！

5. 十年磨一剑

清晨，天还没有大亮，"向阳红09"船尾部作业区灯火通明，各岗位人员已经开始忙碌了：潜水器准备部门进行通电检拭；声学部门已经完成吊舱与声阵的链接，随时可以布放；水面支持系统人员启动液压站预热系统……

"蛟龙"号又一个潜次即将开始，这是7000米级海试的最后一潜，更是"蛟龙"号四年海试的收官之作。现场指挥部要求各部门认真检查维护，特别是对可调压载系统存在问题进行研究改进，确保最后一次下潜顺利通过验收。

从总编号算起，这应为第51个潜次，由叶聪担任主驾驶、崔维成、张东升分别任左右试航员。7时12分"蛟龙"号入水；11分钟后开始注水下潜；10时30分在6900米深度进行了可调压载注排水试验；11时02分到达7008米；11时在7015米深度坐底；然后移动位置，12 时在 7035 米深度再次坐底；12 时 50 分抛载上浮；17 时返回母船。下潜时间 588 分钟，"蛟龙"号进行了三次定向和一次定高近底航行，多次坐底，最大下潜深度 7035 米，在 6900 米深度进行可调压载注排水验证正常——全程无故障。

至此，"蛟龙"号连续四年的海试圆满完成。如果从 2002 年立项到 2012 年海试成功算起，中国 7000 米载人潜水器的横空出世，恰巧整整历经了十个年头。

海试大功告成之后，"向阳红 09"船立即载负着海试队胜利返航。航渡中，临时党委和现场指挥部进行了海试工作总结。从总体情况、专家验收，到思想政治、各部门保障等等，全方位、全层面深入细致地梳理了 7000 米级海试以及"蛟龙"号的研发试验过程，拿出了一个响当当、硬邦邦的海试结论来。

凯旋，与出征的心情和气氛大不相同。

海试队员们难得如此得轻松与悠闲，一边享受着战斗过后的愉悦，一边沉浸在回味之中。首先，现场指挥部总指挥刘峰代表"蛟龙"号海试队，根据中国 21 世纪议程管理中心与中国大洋协会办公室签订的《"蛟龙"号载人潜水器作业技术改进及 5000 米—7000 米海上试验课题任务书》、科技部批准的《"蛟龙"号载人潜水器 7000 米级海试实施方案》以及国家海洋局《关于执行"蛟龙"号载人潜水器 7000 米级海试任务的通知》要求，总结归纳了完成"蛟龙"号7000米级海试任务的情况。

这些产生在海试归来途中、原汁原味的思考与总结，凝结着"蛟龙"号海试团队数年来多少心血与汗水啊！它比一些记者或作家的生花妙笔更真实，更精确，更有说服力。透过简洁精练的语言和数字，背后埋藏着无数个生动感人、精彩纷呈的故事。

严谨求实、团结协作的科学态度，在这项史无先例的中国7000米级载人深潜事业中，激发了各个研发单位巨大的能量，形成了一个攻无不克、战无不胜的海试团队。形式多样、坚强有力的思想政治工作对统一大家的思想，鼓舞大家的奋斗意志起到了重要保证作用，树立起敢打必胜的坚强信心。

在"蛟龙"号50米阶段敢于第一个下潜的是于杭、叶聪和唐嘉陵小组，他们驾驶"蛟龙"号下潜38米，迈开了中国载人潜水器深潜第一步。

第一次敢于突破世界同类型潜水器最大下潜深度的是叶聪、崔维成、杨波小组，他们敢为人先，7000米海试第一次下潜深度就达到6671米，为下潜7000米奠定了基础。

第一次下潜超过7000米的是叶聪、杨波、刘开周小组，他们敢于担当，驾驶"蛟龙"号首次到达7020米。

下潜深度最大的是于杭、傅文韬、唐嘉陵小组，他们驾驶"蛟龙"号下潜到7062米，创造了同类型潜水器下潜深度的世界纪录。

经过半个月的航行，7 月 14 日晚上，"向阳红 09"船顺利行驶到自己的母港——青岛团岛锚地了。为了庆祝"蛟龙"号载人潜水器的海试全部成功，国家有关部门决定让海试团队，包括一身征尘的"蛟龙"号，暂不返回江苏江阴，直接来到青岛奥帆基地码头，参加为他们举行的盛大欢迎大会，并将当天设为"公众开放日"，邀请市民参观劳苦功高的中国"蛟龙"！

在等待正式进港期间，现场指挥部、临时党委决定在团岛锚地举行集体会餐，洗却风尘，为自己喝彩。这里也是国家海洋局北海分局的大本营，北海分局自然要尽地主之谊。入关联检一结束，大洋技术保障中心吉国主任就送来几桶新鲜的青岛扎啤，海监一支队崔晓军支队长也送来了蔬菜、西瓜……

晚上 6 点钟，会餐开始，刘峰总指挥主持。他满怀豪情地站在桌前，简要讲述了今晚聚餐的意义，他的发言情深意长，声音不大却句句打动人心，最后说："现在请我们的'司令'代表临时党委和指挥部讲话。"

在一片热烈的掌声中，刘心成站起来，抑制住心中的激动说："我的弟兄姊妹们，请大家记住今天——2012 年 7 月 14 日，是我们征战马里亚纳海沟，圆满完成"蛟龙"号 7000 米海试任务凯旋的日子。在 40 多个日日夜夜里，大家同舟共济，拼搏奉献，完成了一件共和国了不起的大事，我们可以说上对得起国家，下对得起子孙，中间对得起我们自己。今生再有今天这些人的聚会恐怕很难，但是海洋事业还会为我们其中部分人的相聚提供机会。祝大家身体健康，家庭幸福，干杯！"

　　大家不约而同地爆发出欢呼声，此起彼伏，足足有两分钟。这是激情的迸发、压抑的释放，更是友谊的表达、感情的碰撞。呼喊声是那么奔放，那么自然，那么豪迈。身临其境的每个人都会受到感染，受到震撼……